Wu Hong's
Memories of Taste

吴鸿 著

四川文艺出版社

图书在版编目（CIP）数据

人间有味 / 吴鸿著. — 成都：四川文艺出版社, 2024.4
ISBN 978-7-5411-6741-6

Ⅰ. ①人… Ⅱ. ①吴… Ⅲ. ①随笔 – 作品集 – 中国 – 当代 Ⅳ. ①I267.1

中国国家版本馆CIP数据核字（2024）第045213号

RENJIANYOUWEI

人间有味

——吴鸿的美食记忆

吴 鸿 著

出品人 冯 静
策 划 最近文化
责任编辑 李小敏
封面设计 魏晓舸
责任校对 段 敏
责任印制 桑 蓉

出版发行 四川文艺出版社（成都市锦江区三色路 238 号）
网 址 www.scwys.com
电 话 028-86361802（发行部） 028-86361781（编辑部）

排 版 四川最近文化传播有限公司
印 刷 成都东江印务有限公司
成品尺寸 145mm × 210mm 开 本 32 开
印 张 8.25 字 数 160 千
版 次 2024 年 4 月第一版 印 次 2024 年 4 月第一次印刷
书 号 ISBN 978-7-5411-6741-6
定 价 49.80 元

目
录

人间有味是清欢

草草杯盘共笑语

昏昏灯火话平生

上言加餐食　下言长相忆

人间有味是清欢

苍蝇馆子永不会消失[1]

澎湃新闻：之所以称“苍蝇馆子”，是因为它的卫生条件比较差，比如说是饭店里有苍蝇吗？我看到另外有说法是指食客像苍蝇似的找美食。

吴鸿：最早的餐馆我想环境应该普遍都是比较差的，有几只苍蝇飞来飞去，十分正常。苍蝇无孔不入，就算是在高大上的餐馆里，也会不时有苍蝇的出现。但我书名取的“苍蝇馆子”不是这意思，这是我们四川人，特别是成都人对一切小餐馆的统称，这些小餐馆面积不大，设施简陋，卫生条件差一些，但也不至于苍蝇乱飞。流沙河先生在给我的书序

① 本书再版前书名为《舌尖上的四川苍蝇馆子》，本文系2015年澎湃新闻记者臧继贤对作者吴鸿的专访，原文发表于澎湃新闻客户端。

中说，现在的市政设施完善，阳沟死凼都没有了，哪里还会有苍蝇，他还诙谐地说，何况现在的空气有霾水有毒，蝇蛆想活也难，苍蝇早就没有了，但苍蝇馆子却要永恒下去。

我在后记中总结了几条苍蝇馆子的特点，一是形容苍蝇馆子的多，遍布在城市里的大街小巷，密密麻麻，就像苍蝇散落在市区。二是说苍蝇馆子确实有些简陋，条件差些。三是说成都人好吃，无论餐馆开得多么地隐蔽，都能像苍蝇一样找到自己心仪的去处。这就有些类似你说的“食客像苍蝇似的找美食”。四一点是，大多数苍蝇馆子都是为求生存而开的，生活不易，老板总是使出浑身解数把味道做好，用味道来留住客人，因此，在成都苍蝇馆子又是“好味道”的代名词。好味道的餐馆往往客人很多，人多说话声音就大就嘈杂，嗡嗡之声就像苍蝇飞来飞去，这就是苍蝇馆子来历的又一个引申。

澎湃新闻：其他城市的这种小馆子也能叫作苍蝇馆子吗？

吴鸿：把小餐馆叫作苍蝇馆子，只有四川人才这么叫，其他省份的人不这么称呼。一般就叫小店、路边店，或大排档。但我们四川人走到任何地方，都叫这些小餐馆为苍蝇馆子。如果大家对我的这本《舌尖上的四川苍蝇馆子》认可度高的话，相信以后全国所有城市的人都会叫小馆子是“苍蝇馆子”的。

澎湃新闻：为什么成都人那么喜欢苍蝇馆子？

吴鸿：其实不只是成都，每个地方都会有很多人喜欢这种小餐馆，它能够代表当地的一种生活状态，是市井生活的一种反映。

我当初写这本书的时候，流沙河先生说他非常赞同，因为小餐馆就是当地人生活最真实的形态表现。成都人爱去苍蝇馆子消费，是成都人生活的常态。好吃是成都人的天性，寻找自己喜欢的苍蝇馆子去满足口腹之欲，是成都人生活中的乐趣。成都现在是个不夜城，24小时都能找到很多好吃的苍蝇馆子，能成为一个成都人是上天的厚爱。

澎湃新闻：但现在人们好像越来越注重餐厅饮食卫生，苍蝇馆子的生意会受影响吗？

吴鸿：苍蝇馆子的说法是成都人的谐谑，流沙河先生说是“自占地步，不让你来贬损”，并不是说餐馆不卫生，人们的卫生意识强了，要求高了，当然是很好，但应该不会影响到苍蝇馆子的生意的。

在四川特别是在成都地区，苍蝇馆子的称谓已经被广泛地接受了，大家从来不避讳。人们经常会看到开宝马、奔驰车的人去吃好味道的苍蝇馆子。对于那些开好车就是讲身份的其他城市的人来说是不可思议的，但在成都不是的，成都饮食非常大众化、非常市井化。

“苍蝇馆子”这个名字，如果不了解的人，听到后可能会产生恶心感。我在写这本书的时候，反对和支持的意见都很多，反对的说一听到“苍蝇”二字就好恶心啊，但支持我的人说，这是地道的四川味道和成都味道，是四川独一无二的文化啊。所以我权衡再三，仍把名字定为“四川苍蝇馆子”。据说拍摄《舌尖上的中国》的陈晓卿到了四川以后，也特别喜欢苍蝇馆子，他认为真正的美食只有在这些民间的馆子里才得到了很好的体现，所以他也为我这本书写了推荐语。

澎湃新闻：在成都如何找到这种苍蝇馆子，是靠大家口口相传，遇到好吃的人才能吃到，还是有其他方式？

吴鸿：口口相传的推荐是最值得信赖的推荐，所以到一座城市，最好交几个好吃的朋友，大家趣味相投，有了他们的引导，那真是不一样的体验。前不久我到重庆去，就是当地资深的好吃嘴朋友带我去吃与成都不一样的蹄花和豆花，记忆深刻，那样偏僻的地方美食，不是一个外来客人能找得到的。

现在到成都体验苍蝇馆子的方法有很多，电视台、电台和当地的纸媒都设有栏目推荐，但这种推广大多是广告行为，“拿人手短，吃人嘴软”，这些推广大多不可信，我试过几家，无一让我满意的，当然，“食无定味，适者为珍”，不满意只是不合我口味而已。还有就是微信朋友圈的分享，当地饮食达人的推荐也不少，上网查查会很多，不过这相当于自己做考题，选择起来麻烦。

所以到成都来，最好有朋友的推荐，那才可以真正尝到成都地道的美食，欢迎你到成都来，我给你当导游。

我这本书里写的并不都是好吃的，有的只是我认为有特点而已。加上我的体验是重要的一环，这里面有文化的，有我与文化人的交游的，也有我与餐馆老板交流的体验等。我记录的大部分馆子的味道都很好，是我反复吃过、反复体验过，并带不同的人去之后达成共识的。刚才我还接到双流胜利镇刘鳝仁饭庄老板的电话，因为和他已经交成朋友了，他说冬至那天要宰一只羊，要亲自下厨，叫我去品尝。

我把我吃过的、经历过的写出来分享给大家，也是一个途径，希望大家看了我这本书再来成都体验，说不定也会有很好的收获。

澎湃新闻：有网友反映，有些苍蝇馆子有霸道条款，比如如果不用一次性碗，就要自己洗碗，那么在您的经历中有没有遇到过这种霸王条款？

吴鸿：这样的霸王条款好像在苍蝇馆子不多见，但是很多餐馆的特色就是霸道，说霸道是因为客人太多，照顾不过来的，或是有自己一套有效的安排管理方式。书中写的“浣花北路乡村菜”就是，中午11点半开始营业，到下午1点多就不卖了。客人不能自由地选择座位，必须由店家安排位子。晚上卖馒头，每人限吃一个，吃多不卖给你。其他人没有破坏过这个规矩，我去试了试，而且我成功了。其实我撒了一个谎，说我的一个朋友是回民，他不能吃其他东西，只能吃馒头，然后在这种情况下，老板把别人的馒头多分了一个给我。

还有很多餐馆都是这样那样的“霸王”行为，形成他们的经营特点，客人们不以为怪，反而津津乐道。

像你说的这种强制使用一次性餐具的霸王条款，在成都高档的餐馆里却是常见的，收专门的筷子费、包间费和明令禁止的开瓶费等，让人心里很是不爽。他们的态度就是你爱吃不吃，四川的餐饮业非常发达，他们不愁没人来吃饭，所以这种霸王条款和霸王行为在成都很普遍。

澎湃新闻：那您为什么要去挑战他们的霸王条款？

吴鸿：说不上是挑战，最多是好玩嘛，看看他们会不会变通。有的餐馆是一种经营行为，故意这么做。我说的那家乡村菜，因味道好去的人太多，他们的蒸笼有限，不可能满足每个人多吃的要求。如果每个人都因为馒头好吃而多吃了，其他菜就会少点，其他东西吃得少了，馒头的价又低，生意就不划算了，当然要控制馒头的量了。我“挑战”了一下，发现他们遇到特殊情况，还是可以变通的。

澎湃新闻：我看您在书里讲到城市拆迁导致苍蝇馆子搬家的问题，那么城市的发展会影响苍蝇馆子的经营吗？

吴鸿：肯定会影响的，说老实话，我写这本书的动机很大部分就是这个原因。因为一个城市的变迁一定会让很多有特色的手工劳作，或者餐馆消亡。因为“吃”这个东西很奇怪的，它不像其他东西，就算是同一家馆子，因撤迁换一个地方经营了，尽管还是那帮厨师，还是那些作料与做法，人们的感觉都会发生变化，觉得不如从前，很多的苍蝇馆子就是因为城市的变迁不复存在了。

美食是世界上最短暂的一门艺术。一个画家的一幅画作，几百年以后它仍会光彩夺目，任由世人评说欣赏。一部文学作品可以流芳百世，给读者心灵以滋养。但没有一道菜可能保留多年而不变味的，上一顿吃过的，下一顿味道就没有人愿意接受了，而美食跟所有艺术一样，给人以美的享受而回味无穷。在我看来，没有一家苍蝇馆子会成为百年老店，对食物的享受，人们总是喜新厌旧的。珍惜现在，留住当下，就是我写这本书的本意。

澎湃新闻：那比如说像成都这种城市，它现在已经慢慢国际化，也有很高档的地方，而且现在大城市都会遇到这种境况，像在上海这种城市，苍蝇馆子就没那么流行，那么它们会在全球化、标准化以及大量连锁店这种浪潮中消失吗？

吴鸿：苍蝇馆子是永远不可能消失的，不管怎么样的国际化、现代化，都不可能让人人都很“高档”，只要共产主义没有实现，就不可能人人都住大别墅，个个都吃五星级六星级。这个社会注定了生活在底层的人会是大多数，开小餐馆讨生活的，吃小餐馆过紧日子的人一定还是大多数。“苍蝇馆子”可能在形式上会发生变化，但内容上不会变的。成都很多小餐馆已经变得很有个性，很有特点了，但不管怎么变，在四川人眼里它的名字还是“苍蝇馆子”。

标准化、国际化的连锁店，是一种现代生产手段，需要高智慧的管理才能生存，像肯德基、麦当劳这样的连锁店不可能成为中国人的消费主流。味道是中国人挥之不去的乡愁，乡愁是要讲个性差异的。所以解乡愁就是要讲究秘诀，各家有各家的拿手滋味。苍蝇馆子不会因为社会进步了就消亡了，而应该是更有个性的发展。

澎湃新闻：那他们的生存会更困难吗？比如说现在苍蝇馆子的数量在减少吗？

吴鸿：所有的生存都是艰难的，苍蝇馆子的生存肯定会遇到各种各样的困难，生存的困难是一方面，竞争激烈嘛。就算生意很好的苍蝇馆子，也会存在发展的困难，困难不可怕，解决了就好。

在我看来，现在是餐饮业最繁荣最发达的时期，这跟当前经济的发达和社会的相对稳定有关，也与生活节奏有关。生活节奏不快的地方，可能会在自己家里做饭，这是自得其乐；生存压力大的地方，也可能自己在家里做饭，因为在家里做便宜嘛。

像成都这种休闲城市，在家里做和在外面吃，差别不大。而且成都人的生活丰富多彩，在口味上也喜欢多样化，自己在家里做，口味相对比较单一，久了也会生厌，所以喜欢时不时地在外面消费。

在现阶段我没有看到苍蝇馆子的数量在减少，而是在增加，现在讲万众创业，开家苍蝇馆子可能是成本较低、门槛较低的创业途径吧。

澎湃新闻：可能每个苍蝇馆子对食客来说都是独一无二的，那么他们会开连锁店吗？

吴鸿：成都很多苍蝇馆子开了连锁店，但我的书里没有写，因为“连锁”是以赚钱为目的的，管理也好，做菜也好，都会程序化。程序化不是不好，但程序化了，个性就少，到处都能吃像肯德基这样的饮食时，寻味的乐趣就会少很多。程序化的厨师都不会全面，可能做一道菜可以炉火纯青，如果老板炒他鱿鱼了，他就没法生存，其他的菜都不会做。我的书里面很少关注这样的店，我关注的是那种独一无二求生存的店，他们本身非常喜欢做餐饮，愿意花很多心思和心血做这件事，是真心实意为顾客好的，我主要写这样的馆子。

愿意开连锁店的餐馆会很多，但我相信结果都不会很好的，开苍蝇馆子的人未必有管理连锁店的本领，那是另一种技能了。

澎湃新闻：其实川菜本身在全国就蛮受欢迎的，各个地方的川菜馆子都很多。为什么大家都那么喜欢川菜？

吴鸿：川菜为什么能被各个地方的人接受，我想是和川菜的文化有关，四川是个移民的省份，自秦汉以来全国有几次大的移民到四川，影响最大的就是清代所谓的“湖广填四川”，明末张献忠剿四川，把四川人消灭得差不多了，基本上土著很少，全国有十多个省份的人都往四川这个地方移民。不同省份的移民有不同的文化背景，饮食的差异也就很大。川菜发展到今天这样的结果，肯定是各个省份的移民的生活习惯，在不停的对抗不断的融合后形成的，这个融合的过程很漫长，最终融合成为川菜的独特口味，其中有中原的味道，也有江浙等，你中有我，我中有你。所以我认为川菜的精髓就是它的那种包容性，现代的川菜有几十种味型，是全国四大菜系中味道最丰富的菜系，来源于全国各省移民口味的混合。

我想为什么全国人民都能接受川菜，是不是川菜都有自己故乡的味儿在里面呢？

我有一个观点，可能说出来别人会骂我的，为什么川菜能够被人接受，我认为这可能跟它的辛辣有关。人的味觉是很脆弱的，吃惯了清淡的东西，只要吃过几次重口味，比如辣的、麻的以后，就渐渐会依赖这个东西，再要恢复到吃清淡的食物需要很长时间，没有一个人有那样的耐心进行恢复，所以宁愿去接受更刺激的食物。我曾跟深圳的一些美食家交流过，他们觉得我说的多多少少还有些道理。川菜的重口味部分，使人们加重了对川菜的依赖，也就是说是对川菜的喜欢吧。

澎湃新闻：川菜到其他地方会有一些改良，比如到南方就没那么辣了，您怎么看待这种改良？

吴鸿：其他地方怎么改良川菜我不知道，这个改良可能就是跟我刚才说的那种包容性有关，现代所有具规模的城市，都可以说是移民城市了，这是现代文明的使然，文明发展到今天，地球都变成了一个村子，人口流动的频繁，使各地的文化必然要具有包容性。川菜到南方去没有那么辣了（其实并不是所有的川菜都是辣的），跟其他菜系到四川后都变辣了一样，是一种融合行为。

澎湃新闻：还有一种说法是川菜这种普及跟它的成本低有关，这个有道理吗？

吴鸿：我走过很多地方，川菜的消费的确是比较低。便宜跟成本有关，但在我看来也未必尽然。现在各个地方的食材的价格相差不会有多大，全国各地相对比较均衡。

不知道你在四川生活过没有，在四川，特别是在成都，生活是非常好的，比如说我们在自由市场买菜，商家会帮你把莴笋的皮剥了；比如要买一只鸡，你要煎，或要炖，他们会帮你免费加工，剁了或者切了；比如买鱼，你或蒸、或炒、或烧，他们都会用不同的方式来帮你收拾好，这个在其他城市是不多见的，按理说这是增值服务，在其他地方都会收钱的，但在四川、在成都不会收钱的。他们认为卖东西就要服务好，要赚钱就要在质上做文章，增值服务就不要钱了，白送给你了，算是顺水人情。但是这种服务也是为了刺激更多人在他这里消费。到天津，我要一点酱油和醋都不可能，只卖给我袋装的酱油，我叫他们帮我剪开酱油的塑料袋，他们都不剪，但这在成都是不可能的。在成都，不管你有什么要求，他们都非常愿意和非常客气，让你觉得所有的东西都是应该的。比如到深圳去，早餐的小菜分量很少，但在成都要多少给多少，包括辣椒这些东西都是这样的，增值服务是不计入成本的，所以觉得川菜更普及，成本更低，消费也更低，这在其他地方是不可能出现的。

成都私房菜

说起私房菜，大家都晓得是啥子意思。私房菜就是私人的菜、私家的菜。

私房菜通常没得店面招牌，经营的面积也不够大，也没得固定菜单，而且没得专职的服务员。

私房菜的烹调技法往往是祖传的，有独特性，秘不示人，因而在市面餐馆里就无法吃到。

私，除了隐秘性外，在菜品中代表了它与众不同的特殊性，除了家传的，也有所谓官府菜、宫廷菜。旧时的官府菜，特别是宫廷菜，不是你有钱就能吃到的，别具一格自不在话下。

往往现在打着官府、宫廷的名义开的私房菜，人们都想象着有许多的故事，自己就是故事的主人翁，客人们就仿佛自己当了一回官，好像陪皇上吃过饭一样，有说不尽的喜悦。

现在，任何人都可以吃到私房菜了，私的独特个性，只要你愿意，都可以去体会一下。独门菜的秘诀已经可以服务大众了。

我第一次吃到私房菜，是在香港。作为一个地道的成都人，对香港的东西自然是吃不惯。有一次去香港 ，在朋友的带领下，到了一栋居民楼里，对外说是找朋友，其实是进了家私房菜馆。

这家私房菜馆就开在自己的住家里，老板是重庆人，可能在香港讨生意不容易，自己也喜欢做吃的，就在家里办起馆子来，神神秘秘地进出，显然不合法。

不过地道的川味，让我们过瘾得很。其实味道对我们四川人来说很家常，他的私，体现在私自开餐馆，在其隐蔽性上。

据说香港这样的私房菜不少，而且内地的私房菜做法就是由香港传进来的。

后来，在成都，发现有一家喻家厨房，在一个院落子里，就在现在宽窄巷子的附近，有很多的创新菜品，是以前我们听都没有听说过的，更不消说见过了。

要吃，得提前一天以上预订，客人只能说你的标准是多少，一百一桌也好，两百一桌的也好，客人没有点菜的权利，给你吃什么是什么，那时稀奇，很有土豪的感觉。那时能吃这种私房菜的毕竟不多，吃了就好像自己是款爷，走起路来人都要神气很多。

后来的私房菜店越来越多，大多是这些特点，菜品精致，口味独特，不用点菜。让食客们充满了期待和好奇，特别是第一次去吃后，都要津津乐道好久。

私房菜受人喜欢，商家当然不放过发财的机会，再后来的发展，走大众化路线的就在招牌上写起私房菜的字样，甚至就直接把私房菜做成店名，现在龙腾路上都还有一家，就叫私房菜，我吃过很多次，都吃腻了。

走高端的就发展成为会所性的了，装修奢华，服务周到，吹拉弹唱，样样服务都有。

这是权贵们、大老板时常出入的场所，他们生意做得好，不喜欢吵吵闹闹的场所，私得很，就像秘密接头，交换密电码一样。可以在里面酒足饭饱，还可以搓搓麻将，生意就在吃喝玩乐中做成了，一顿饭下来，少则几万，多则几十万的都有。说是吃饭，实则做生意。就算吃金子也没有那么贵，但面子很贵，吃的是面子，有了面子就好做生意，就好有地位。“八项”规定以后，这类会所性质的私房菜就没有以前那么好做了。

还有些私房菜开在写字楼里，或是居住楼里，这些地方往往不大，就两三桌。主人往往是那些自认为有几个朋友可以支撑他生意的，也喜欢自己弄弄美食的爱好者，有的也还有些自己做菜的理念。目的也是为了赚钱或是推销些什么的，比如某种品牌的红酒。

康河郦景有家叫阿狼的私房菜，我去过一回，没有什么装修，显得有些朴素，菜品是绝对的独特，比如他的冰火两重天、金钱大肠、金香狼牙骨、梅菜蒸肉、狼心狗肺等菜品，我至今记得。

成都以前还有一家公馆菜，在我看来，也算是私房菜，只是他开的店并不私密，不过档次不低，装修得古色古香，富丽堂皇。菜品据说都是收集全国各地公馆里达官贵人的私房秘品，让“旧时王谢堂前燕，飞入寻常百姓家”。去吃过的人，往往啧啧称赞。

网上说 “私房菜”的历史，可以追溯到清末光绪年间。据说祖籍广东的世家子弟谭瑑（zhuàn）青，祖父辈都当官并好饮好食，其父谭宗浚把家乡粤菜混合京菜成谭家菜声震北京。后来家道中落，谭瑑青坐吃山空，便由家厨或妻妾做拿手的谭家“私房菜”帮补家计，宴设家中，每晚三席，须提前三天预订，最盛时订位要等一个月。当时的显达们，都以能吃谭家菜为荣。

又有说私房菜起源于古时深宅大院中，当年高官巨贾们“家蓄美厨，竞比成风”，看哪个在吃上更讲究，更有品位，更得生活之真谛。互相切磋中一道道名菜便产生了。私房菜在很私密的自家厨房里炮制出来，因而无宗无派，无所谓菜系，也无所谓章法，全凭主人对食物的理解。但无论怎么说，都是对我国饮食文化的丰富。

有一次我去都江堰吃道家私房菜，种类繁多，花样百出，厨师自己都做不出来第二盘完全相同的菜来，后来我还给他们出了一本道家私房菜的书。

吃私房菜，也就是大家挤在一个类似家的地方，吃主人的拿手菜，席间，主人或是掌厨人，他们会与客人们应酬片刻，摆些亲切的龙门阵，大打感情牌，几次交道打下来，食客和主人就结成了好友。口口相传，客人越来越多，掌厨人的拿手好菜，你都认为在其他地方是绝对吃不到的。最终当然是这家私房菜的生意越来越好。

私房菜馆从环境到服务所蕴涵的人情味，既满足人们享用一份精致的美食的需求，也满足了人们的好奇心，便生出许多的趣味来。

私房菜更是一种文化，香港、广州、北京等很多大城市的私房菜都比较红火。私房菜馆中江府菜、段家菜、谭氏菜，都是近一个世纪内从深宅大院走出来的。现代人吃私房菜，有的在吃身份，有的在吃文化。

“私房”两个字本身就包含了太多的隐秘，太多的诱惑和太多的期待。每道菜都可以讲出些道道和故事来，所以私房菜的将来，还会吸引很多的好吃嘴们去追捧。

平安巷15号“太实在”

平安巷15号是座四合院，房子破烂得有些要垮要垮的，晃眼一看会以为里面住的是低保户。据说这里曾是一法国人住的地方。

“太实在”餐馆现在开在这里，把老四川旧时的顺口溜“稀饭干饭茫茫；肥肉瘦肉嘎嘎”，写成对联，贴在门框上。过客一看便知道里面有家苍蝇馆子。

茫茫是饭，嘎嘎是肉的统称。是四川人旧时对小孩儿们说的话。吃茫茫吃嘎嘎，小孩儿们一听有嘎嘎吃，必定欢天喜地，大人也跟着开心。

“茫”和“嘎”两个字是音，正确的写法肯定不是这样写的。怎么写，问我，我也不晓得。

餐馆取名“太实在”，无非是说物超所值。

堂门不大，进门左边的盘子里是凉菜和素菜，右边的盆里是烧好的和炒好的荤菜。

客人要与服务员非常亲密地接触后，顺便把菜点了，才能通过这小小的过道。挤进去了才见到桌子都摆在天井里，里面早已人声鼎沸，就像农村里在办九大碗。厢房里摆放着大圆桌，也是高朋满座，没得虚席。

菜品有几十个，无论荤素，都可以拼盘。可以叫服务员打来，也可以自己动手。

菜都是家常味，现在的上班族忙于工作，偶尔到馆子里来找家的味道，也是很惬意的。

回锅肉虽是大锅炒出来的，味道却很家常。麻婆豆腐、胡萝卜烧肉、烧豆筋、烧猪手……样样都可圈可点。因为实惠，附近的白领也好，民工也好，都爱来这里吃。

四合院背后是成都最大的天主教堂——平安桥天主堂。法籍神父骆书雅用了七年时间于清光绪三十年（1904）建成。

老板说房子是教堂的产权，怪不得说四合院是法国人住过的。

我对宗教一窍不通，一直搞不明白基督教堂与天主教堂的区别。

一位虔诚的基督教教徒在这里告诉我："简单地说，天主教堂是拜圣母玛丽亚，而基督教堂是主耶稣。"

感谢主赐我们吃的，还是家常味啊。阿门！

隆昌四季羊肉蹄花汤

吃羊肉汤成都人偏爱吃简阳羊肉汤，我也不知道是为什么。在发现隆昌羊肉汤之前，我也是随大流。

吃了简阳羊肉汤，嘴里的羊膻味久久不散，一米之外都能闻到。所以尽管羊肉是人间之美味，还是有很多身边人避而远之。喜欢的人却说，如果羊肉没有膻味那还叫什么羊肉，羊肉之韵味就全在那膻味里。

去重庆，隆昌是必过之境，在高速路边曾有一家邱大汉羊肉，每次经过，我们都总是算准时机在那里满足一下口腹之欲。不过每次来去匆匆，也并没有真正体味到好在什么地方，可能是那乱糟糟的环境让人倒胃口，不，是让我倒胃口。

能在成都吃上隆昌羊肉，是偶然。

每天上班去五块石，都要路过文光路，看到这家隆昌四季羊肉蹄花汤店。因为是在路边，灰尘很大，看起来很不卫生，也没有去吃的打算。

有天早上，我去得特别早，自然谈不上有多少灰土飞扬，人不多，小店还干净就去试试。

从此一发不可收，几乎每天早上都去光顾。跟老板很快就熟起来了。

这家店可以说是我见过的最为诚实的店了，所经营的跟招牌上写的一样，只有两个菜。

一个是羊肉汤，一个是炖蹄花汤。只有这两道菜收钱，其他的都是赠送。当然跟所有的餐馆一样，酒水另算。

羊肉汤并不按部位分而食之，都混在一起，由顾客随意说，什么多点什么少点，按斤两计。称好后，放入汤锅里冒热，起锅时放一勺羊血在里面，羊血在其他店里是要专门收钱的，而这店也是赠送。然后放入鸡精，撒上香菜。

汤里没有放盐，端上桌时，都会告诉你，要加点盐和味精。

蘸料是秘制的豆瓣酱，客人随自己的口味加上些生椒增加辣味。

我在配蘸料时一般都是放些干海椒面和花椒面，再加些生椒和香葱。很多人爱在蘸料里加些豆腐乳，我不喜欢，我认为那真是灭了羊肉的美。

配料桌前放着一个泡菜坛，里面都是新近上市的鲜蔬做的隔夜泡菜，也不知是哪位高手做的，泡菜清香可口。老板从没有要降低成本的想法似的，生姜刚上市，我们就可以吃到。

米饭是甑子饭，粒粒可数从不沾在一起，是炒蛋饭的最佳原料，可惜他们不供应。揭开甑子，稻香扑鼻，让我有回到乡村的感觉，想起炊烟和牧童的歌声。我认为店名取为稻香村可能更为贴切。

老板姓李，我问："你为啥子不取店名叫李记隆昌羊肉汤呢？"

他笑着说："不敢喔，隆昌有李记，我们做羊肉汤没得章法，不敢糟蹋别个的名声。"

我又问："你们羊肉汤没有膻味，是用了什么法子？"

他说："放了酒煮汤的。"

我说："汤色清亮，是不是第一道水都倒掉了没用。听说富顺就是这样子的。"

他说："哪个舍得喔，没有倒过的。"

我说："你们对羊是不是很挑，是隆昌运来的吗？"

他说："不是，是市场送来的。"

商家为了说自家的独特，往往强调羊肉的产地和羊的品种，如海南与四川的会理，都说是黑山羊，黄甲的说是当地麻羊，简阳的更神奇，居然跟杨贵妃扯到了一起，也不知是不是真的。让李师傅这么一说，我倒是更信厨师的手艺了，其实在高手那里，什么食材都可以做出美味来。

说说这家的蹄花汤，不要误会，这不是羊蹄汤而是猪蹄汤，跟羊肉汤一样，汤色清纯，上面撒上些葱花，视觉之美让人食欲大增。与其他地方不同的是，雪豆很小，第一次吃时，我竟疑他是用黄豆炖的。

李师傅说："不是黄豆，真的是雪豆。"

这就让我佩服他了，平素我们吃的雪豆蹄花汤，都是大而白的上等雪豆，煞是好看。估计是李师傅要降低成本，故意用小雪豆（别人挑剩了）。

而正是这小雪豆，成了他的特色。他的蹄花汤的优点在于不糊汤，不黏嘴。

雪豆炖蹄花时，雪豆都会裂开，雪豆的淀粉就会让汤浓稠，糊汤，吃在嘴里有黏黏的感觉，不舒服，如果用餐巾纸擦了嘴说不定还会让纸屑黏在嘴上。

我喜欢用小雪豆炖的蹄花汤。连挑嘴的周诗人都说，这蹄花真他妈好吃。

李师傅说他一天最多炖二十只蹄花。我问他为什么不多炖点，他说："一般我只卖中午，如果到了下午没卖完就会变黄，味道不会变，看起来都烦人，二十只差不多了。"

这里正在搞拆迁，说这里是街，已早没有街的样子了，一个小而破烂的屋子孤立在一条现代化的路边，倒像是我们四川人说的幺店子。

顾客大多是附近木材市场的老主顾，他们大多也是来自隆昌一带。他们跟李师傅都很熟悉，看到忙不过来的时候，都会自己去拿家伙。特别是那泡菜，他们生怕李师傅给少了，总是自己忙不迭地搞上一大碗，反正不要钱，不吃白不吃。

店里的伙计来来去去我看到有好几个，不变的只有李师傅和一位女生，她负责收钱，也切菜冒羊肉。外面的事诸如买菜都是老李。

他们看起来既像是兄妹，又像是夫妻。

不过我倒是想把他们想像成偷情私奔出来的情侣，还没有结婚，也没有生子，这样的经营才有更多的情调。

现在我虽然离开五块石到城里上班了，路远，去的时候少了。想念美食跟私奔联系在一起，那才是一种美好啊。

双流胜利镇刘鳝仁饭庄

很多好吃客随我去了刘鳝仁饭庄后，我自然跟老板就熟谙了，跟他有了交流，还可以守望着厨房看他们怎么做菜。

我问：“刘鳝仁是你本名吗？”

他说不是，是朋友怂恿他一定要取这个名字的。他本名叫刘玉明，他说你写的话，最好还是写刘鳝仁。

以前他是跑运输的，拉煤。特别喜欢做菜，每个周末，朋友们都要到他家里去吃他做的拿手菜，去喝一台。后来，不准运煤了，朋友们就力推他做餐饮，开餐馆。

他不仅爱做，也爱到处去吃，学习别人的经验。他说：“除了内蒙古没有去吃过外，其他地方都去过了。”

今年是他在胜利镇开饭庄的第十个年头，我问他有什么打算，比如，把店面扩大些或是开到外面去。他说有一个房地产商跟他说，给他三十亩地开店，对方只提成百分之三十，前提是一天要他卖三百斤鳝鱼，他没有同意，他说：“一天三百斤，夏天可以，五百斤都没有问题，秋后是不可能的。”

他意思是说够格的野生土鳝鱼不能保证，让他用其他方式饲养的鳝鱼来做，他不干。

他很自豪来他这里的食客，全国各地的都有，连“中央首长”都要打包回去吃。嘿嘿，我想所谓“中央首长”，不过就是来自北京的有些职务的人，北京最不缺的就是我们称的首长。

鳝鱼的做法很多，成都很有名的，如华阳的老田坎土鳝鱼，做的品种多，顾客盈门。而刘鳝仁兄对此却是不屑，说很多地方做的藿香鳝鱼都从他这里学过去的，而并未得到精髓。他说“正兴镇的泥鳅也是我们吃起来的”，我不敢苟同，但却看出来了他对自己手艺的自信与自豪。

刘鳝仁饭庄有五个招牌菜，他说都是他自创的。饭庄的菜品并不多，招牌菜就有五个，的确让人佩服。

这五个菜中，鳝鱼、泥鳅、菜蛙都是现吃现剐，客人还可以参与进去，自己试试庖艺。

藿香鳝鱼是六年前的一个误会，以前他做的是藿香鱼，有一天没有鱼，就用鳝鱼来试了试，结果大获成功，后来加以改进，加了大量的姜蓉、蒜蓉。

这道菜做法看起来很简单，把剐好的鳝鱼焯一下水，然后清洗掉残留在鳝鱼上的血丝和杂质，用十几种秘制的料在旺火上爆炒，很快就上桌了。

鳝鱼口感嫩脆，清香无比。

菜蛙的特色是用仔姜、黄瓜、泡菜烧成，复合味，爽口得很，我女儿只认着这菜吃。

麻辣泥鳅，以香麻为主，十几种作料加上两大勺秘制底油，高压锅焖，八分钟是刚刚好，多一分钟少一分钟，味都不同了。

青椒焖鸡，加豆豉与香醋焖制而成。

三塔菌，刘老板说这是附近才有的野生菌，不能人工种植的一种菌类，蒸来吃或做汤都很鲜美。

还有一道叫凉拌苦笋的菜也不错。蔬菜随季节而变，所以一年四季，随时来都有新鲜的感受。

刘鳝仁饭庄，供给客人的菜不超过十种，他说："够了，大家来就吃这些，很巴适。我再炒啥子回锅肉，就没得啥意思了。"

洛带镇新民饭店

洛带古镇可能是离成都最近的古镇，跟其他的古镇一样，洛带也在不断地开发，招商引资求发展。随着城市化进程的加快，估计要不了多久洛带古镇就会成为成都的一个社区。

洛带古镇被誉为中国西部客家第一镇。“一街七巷”的洛带镇，历史悠久，其设置可追溯到秦汉时期。300年前，被称为“湖广填四川”的大规模移民迁徙中，曾经繁华一时的旱码头，成了客家人聚集地。

客家人在此不断演化的几百年中，大多数所说的客家话，除了当地人外，没有人能再听懂。他们的语言，被人们称为“土广东话”。目前镇上的客家人，占当地居民的90%。

清代曾更名为甑子场，甑子场作为古街区，现在是洛带的镇中镇，修缮一新的主街区的牌坊上，是流沙河先生书写的“甑子场”。

洛带镇的得名，有几种说法，我认为最可靠最真实的说法，是洛带籍的校雠大家王叔岷在其回忆录《慕庐忆往》里的描述：“镇右一湾绿水，水名洛溪，形如带，故镇名洛带，俗称落带镇。”

另一种说法是三国时期蜀国后主刘禅（阿斗）玉带落入八角井而得名，还编了一个经不起推敲的民间故事来显示其生动性。

洛带镇“甑子场”的牌坊下，刘阿斗落带在八角井的传说被刻在了简介的木板上，有铁板钉钉的意思。

洛带镇有很多传统美食，以油炸和汤卤类最具特色，天鹅蛋、伤心凉粉是很有名气的小吃。

“供销社饭店”和“新民饭店”是镇上最负盛名的饭店，是四川唯一没改体制，吃“大锅饭”的饭店。两家饭店的招牌菜都大致相同，却也各有特色。

烟熏油烫鹅不仅是两家的当家菜，也是洛带镇所有饭店的当家菜，甚至家家户户都有做烟熏油烫鹅的秘籍。

生于洛带，长于洛带的地域文化作家肖平在《洛带》一书说：“供销社的油烫鹅肉质鲜嫩干爽，皮薄而脆，肉是紫红色的，入口时有一种果丹皮的绵长之味；新民饭店的卤鹅肉质呈琥珀般的棕色，连皮吃能吃出陈年的腊肠味，愈嚼味道愈香浓。”对于家乡的美食，哪怕有些许的变化与不同，

肖平都能细辨出来。

我不知去过多少次洛带，无论自游还是带朋友去，品尝供销社饭店或是新民饭店，是必做的功课。

供销社饭店在洛带镇现在虽仍是名头最响，但有次我在烟熏油烫鹅的脖子里吃出沙子后，印象打了折扣，再去洛带时，新民饭店便成了我的首选。

新民饭店的叶经理说，房子有一百多年的历史了，解放前叫中码山饭店，1953年改为新民饭店。

大半个世纪过去了，新民饭店一直在这座一百多年的老房子里营业，简陋朴素，却可以容纳几十桌人同时就餐。新民饭店因其开店时间长，洛带镇的居民爱把婚宴设在这里举办，寄望爱情生活“长长久久”。

当有人问起新民饭店的特色菜是什么时，叶经理说：“多得很。”

鲜溜乌鱼片，软嫩滑爽，清香咸鲜，是新民饭店几十年不倒的品牌菜。

客家九斗碗和面片汤都是新民饭店的特色，但新民饭店最拿手的还是要数野山菌系列，可以做野山菌全席，从软炸到煨汤，从小炒到素烧，花样层出不穷。

据说洛带周边山里的鸡肉菌、楼木菌是无法人工培育的，鸡肉菌当地又叫山大菇，学名鸡纵菌。

吃新鲜的鸡肉菌最好的时节是在夏初，新采鸡肉菌加上精湛的烹饪，其鲜无比，到店的客人无不细心品味。

时代在变，小镇也在变。修缮一新的古街区周边也建起了漂亮的洋楼，而小镇人的生活好像一直没有变，新民饭店的格局也没有变，还是在那有一百多年的老房子里，重复着那一成不变的经营方式。

尽管随着旅游业的发展，很多外来的客人走进它的店堂，品味那足以让整个洛带都引以为豪的烟熏油烫鹅、鲜溜乌鱼片和味道鲜美的鸡肉菌，几十年的老主顾丝毫没有受到影响，他们依然在固定的日子里，来店里饮上几口。他们对新民饭店的坚守，就像是对客家生活习性的坚守。

洛带镇没有因开发修缮而变成大多数人无法消受的时尚场所（尽管当地政府希望这样），当地百姓仍然是把这里当成是一个场镇，逢单赶集，看稀奇，是他们千百年来一成不变的生活方式。

我终于明白了，他们为什么要选传说中刘禅把腰带落在八角井的故事，作为他们的镇名起源。自然的真实的洛溪河，是司空见惯的存在。而在文化的根的方面，他们的“中国梦”依然以皇家的渊源为正宗，哪怕是无可考的传说。

简阳石桥镇狗夫人羊肉汤

简阳的石桥镇，说是一个古镇，汉代就在生产井盐了，“湖广填四川”时期人口剧增，福建、广东、贵州、陕西、江西等地入川人纷纷在此建立会馆，因而石桥镇在当时是会馆林立。由于沱江流经此地，旧时又是小有名气的水码头，有“小汉口”之称。

很遗憾的是，现在根本看不出还有古的迹象，除了脏乱差外，那些可以证明石桥镇曾经繁华的会馆，如今也只是些零星的残垣断壁，并不被人们重视，摇摇欲坠，很快就会风化殆尽了。

成渝铁路、成渝高速仍然经过这里，车辆行经此处都是一闪而过。

尽管如此，镇上的几家羊肉汤馆，并不因古镇的没落而冷清，远远近近的食客都慕名而至。

闻名的紧邻的开着三家羊肉汤馆，一是野狗羊肉汤，一是狗夫人羊肉汤，还有一家是建康羊肉汤。第一次去的时候尽管已夜深，三家羊肉汤馆都还是生意兴隆，要动作快才能占到座位，挂成都、重庆、简阳牌照的汽车停在路边一长串。

最有名的是野狗羊肉汤馆，我们就选择了这家。

店里菜品丰富，我们除了羊肉汤外，还叫了羊肉香肠、泡椒羊肝和泡椒羊肾。羊肾我以前都是吃汤的，味美而鲜。泡椒羊肾虽是重口味，其膻味却仍趾高气扬，如果有下次，最好还是吃肾汤的好。

石桥镇的羊肉汤的吃法，与成都其他地方略有不同，桌上没有可以给羊肉汤加温的炉灶，需要客人一次把菜品点齐。需要多少羊肉、多少羊杂、多少羊血和蔬菜，点好后，他们一次性做好，一大盆子端上桌。不能在同一盆里再添加新品，如需也只有另来一份，如果在成都，可以打开炉火，继续在盆（锅）里再配加一些其他的菜品。

我想并不是店家不想用明炉，而是吃客太多，根本用不着。吃羊肉汤又不是吃什么大餐，简直就是快餐，风风火火下了肚，颗子汗满头冒，用不着像成都人那样慢条斯理地绵扯。

羊年的第一天，我们一家与弟弟父女去长松寺看了母亲后，一改往年常例，不去吃柏合寺豆腐皮，而是想到简阳石桥镇去碰碰运气，看那里的羊肉汤馆在营业没有，如果羊年的第一天我们能顺利地吃上羊肉汤，那一定是羊年的好兆头。

狗夫人羊肉汤馆满足了我们的愿望，我也暗自庆幸，幸好其他两家没开，我们有机会换一种口味，不然去野狗那家是必然。

尽管菜谱上什么菜都有，但大年初一这天，却只有羊肉汤供应。我选择了羊肉、羊杂加羊血和蔬菜的组合汤，本来想尝尝这家的泡椒羊肝的，未能如愿。问其故，乃春节期间请不到工人，搞不赢。

说实在的，狗夫人羊肉汤的口感、味道，配上海椒面花椒面少许盐与味精的蘸碟，比野狗的更适合我的胃口。

卖羊肉汤的店取名野狗和狗夫人，给人怪怪的感觉。

我到灶台去，看人稍闲时就问疑似照片上的那位大姐：“照片上那位是不是你？我觉得你们的味道比野狗的巴适。”

她说：“是我家幺妹儿，她跟野狗以前是一家，离婚后开的这家店。”

原来如此啊。

野狗的照片印在店招上，旁边写到“野狗是人绰号”。自然“狗夫人”也就是绰号了。

狗夫人羊肉汤馆邻野狗店而开，让石桥镇的羊肉汤有了竞争者，加上建康店，石桥镇成了简阳羊肉汤的名镇，在我看来，远比“小汉口”靠谱。野狗的店开于1983年，有不短的年深了喔。

这位大姐告诉我，狗夫人还在养马开了一家，养马，简阳的又一个古镇。

遵道镇又一绝生鸡铜火锅

三八节到绵竹看年画，去麓棠山泡温泉，都是预料中的事。寻特色找美味，更是出门在外的必然。

乡村特色，无外乎天然，土鸡土鸭土猪加新鲜的菜蔬。农村里逢喜事，请客时做九大碗，说明乡村厨子的手艺了得。蒸炸炖煮，红案白案样样拿手。

当我们泡了温泉，说去吃很有特色的烧烤时，我也认为太正常不过。好烧烤全世界都有的，绵竹的想来也不会差。

然而，当车子靠停在路边的小坝子时，看到那“又一绝烧烤”和“生鸡铜火锅”招牌比三层楼的房子还高时，还是觉得有些意外。

这是前不着村后不靠店的一家小院子，周围全是农田，油菜花和胡豆花竞相开放，房屋周边的梨树已修好了枝，只待几天就能露出灿烂来。

梨树下圈养了很多的母鸡，在这么自然的环境下生存，可惜也没几只能长寿。

说我意外，是因为这里不可能有传统的铜火锅。这种铜火锅，应来自北方，如果你吃过涮羊肉，你就知道是什么样的锅了。

在四川如果说铜火锅一般都会想到凉山的会理县，会理与云南一江之隔，有做铜火锅的传统。

不是说来自北方的吗？是啊，据说是古时蒙古大军打到那里留下的，会理在大凉山中，远离现代化的都市，至今仍是一座保存较好的古城。

只是那里的铜火锅不再涮羊肉了，尽管那里的黑山羊相当地有名，当地人还是喜欢在锅里煮腊猪蹄之类有嚼头的食材。

我在西昌邛海边吃过两次，他们还配若干当地的野菜，烧烤摊在一边烤着五花肉、排骨还有鳝鱼，那个香啊，想起来就流口水。

“又一绝”的铜火锅有什么说法没？我趁大家休闲品茗，商量买些土鸡蛋回家时，跑到“闲人免进”的厨房里看究竟。一是看他们怎么做的，二是想了解其来历。

厨房里有三个中年的大姐正在做菜，看来他们没有专门的厨师，有什么事大家一起做，我们几十人来到这里，她们高兴，很愿意回答我的问题。

果然，这里的铜火锅是从西昌那边传过来的。还好，老板也在那里，他姓李，名德章。当他听我把铜火锅的吃法说得油暴暴的，他说：“我就是从那边带过来的。”

我说：“那边以煮腌腊为主，腊猪蹄那么好吃，你这里咋没有呢？是不是不好进货。”

李德章说：“这边的人不喜欢吃腊蹄子，卖不脱，都喜欢吃土鸡。”

移风易俗，好吃嘴吃的也不过是形式而已。

“听你的口音，你不是西昌那边的人啊。”

“我是本籍人，以前在西昌做生意，做不起走，就回来做铜火锅和烧烤。”

“来吃铜火锅的人多不多？”

“多喔。你去打听一下，全德阳，只有我这里一家。”

独一家的生意是好做。就像流量没用完的清零，这里吃不完的也照单支付，把锅里碗里的都归零。

烧烤的炉子就摆在院子里，如果你从远处望来，会以为炊烟从油菜花里升起。

烤的东西也不少，鸡翅、排骨、五花肉、鱿鱼、脑花、腰花，还有很多素菜。

味道说不上有啥特点，从好吃的烧烤角度讲，最多是个入门级。

大家都把铜锅里煮的鸡肉刨在一边，把铜锅当汤锅，舀里面的汤喝。

他们不配野菜，毕竟这里不是凉山，到处都可以挖到。如果要上的话，估计野菜的价会收得比鸡的价还贵吧。

也有送的，白糖西红柿。

如果你要去的话，我不知道怎么给你说，李老板的名片上写的是：“遵道镇马跪村沿山路。”

不知道导航有没有用。

草草杯盘共笑语

长发街老菜谱

成都的长发街，清代时叫长发胡同，现代才更名为长发街。为啥叫长发街？据说胡同里有一庵，今不复在了，供奉着一位能征兆庄稼好坏的长发尼姑，因此而得名。

是不是真的，没有必要去考证，尼姑留长发，我总觉得怪怪的。很多城市包括香港都有长发街，有什么古怪的传说没有，就更无从考证了。

相当随和说这里有一家小馆子，炒的肝腰合炒很好吃，说了很多次要叫我去体验一下。

我依稀地记得，我也是很多年前去过，印象特别深的是，在破烂的街边摆了几张桌子，去的人还不少。最适合我胃口的是圆子汤，我问是不是这家。相当随和说好像是，因为那里的圆子汤真的不错。

因为他们上班就在附近，作为吃喝玩乐俱乐部的成员，时不时去一次，是理所当然的事。当他们再次在群里发招时，我提议去吃“太实在”，而相当随和却说：“你过来的话，我们就去吃肝腰合炒。”

你看肝腰合炒成了那家馆子的代名词，我对它充满了期待。架起式喊：“等倒等倒起。”

六个人到了那地儿，这家小店已装饰一新，干干净净的，已经很多人了，街沿上、过道里都摆起了桌子。

抬头一看招牌，叫老菜谱。

老菜谱，是个诱惑人的名字，“老”代表有些年深了，也代表传统与坚持。大大小小的餐馆以为是人都爱怀旧。

味道是最顽固的乡愁，让人想起永不再来的旧时光。

屋子里没有位置了，安排我们坐在街沿边的小树下，阳光斑驳地射在桌上，给菜品拍照带来诸多不便。

看似老板的大姐说：“你们点些熟菜吧，人太多了，点炒菜要等很久。”

我问：“有些啥现成的？”

她说：“拌白肉、咸烧白、笋子烧牛肉这些都是现成的。”

“好，上嘛。”我们这帮子还是真能理解她的忙不过来。

相当随和说：“肝腰合炒我们总是要要的噻。”

那是当然的，人再多，我们都还是要点特色菜的。

相当随和说：“还要个圆子汤、烧鸭血、青椒肉丝。”

我看了一下菜谱，品种不少，个个都是我们从小就听到过的名字，他这里说的老，其实也就是家常的意思。我又要了个芹菜炒鸡杂，六个人大约差不多了。

没电好恼火说，以前他们是把阳台贴些瓷砖，一个大玻璃里面，卖卤肉。现在把阳台推了，才摆了张桌子。这张桌子前，此时坐着一对情侣，两人并排着，像个连体人，我都不晓得他们是怎么把饭菜喂进嘴里的。可能醉翁之意不在酒，情侣之聚不在吃吧。

其实也没有等多久，菜就上齐了。他们的几个成菜真

是不合我口，笋子烧牛肉基本是只取牛肉味，笋子多得来就像我们点了一盘烧素菜。咸烧白呵呵，呵呵，这是他们给取的名字。拌白肉菜底用的是折耳根（鱼腥草），有人喜欢得很，我却没有将就一下。

芹菜鸡杂，刚断生就起锅了，味道酸酸甜甜的，颜色也不错，是可以称赞的，不过我不敢多吃，糖尿病病人嘛，我要自重，你要理解。

期待已久的肝腰合炒终于上场了，原来是白味的，上面还有丝丝血迹，配以豌豆尖、木耳、泡椒和蒜片。嫩倒是嫩，喜欢嫩的食客当然可以大快朵颐，于我，只有换成小妹，可能才会喜欢。

鸭血烧得还是下饭，少了些酸辣，如能改进就不摆了。

最好的还是那圆子汤，手工捏出来的圆子，不规则，配以黄花、木耳与小白菜，色很好看，味也地道。这才是解我乡愁的味道。

青椒肉丝上来时，我发现这家馆子还有励志的功能。我对一起吃饭的相当随和、妖怪打神仙、没电好恼火、小进还有新识的小陈说："当有一天我失业下岗了，我的生存基本是不成问题的了。开个小店，这样的菜还是炒得出来的。"

妖怪打神仙说："就是。只要口岸选好了，味道再烂也不愁没人来。"

小进打牌赢了钱，高矮不要我付钱，我遵其意，这是我们吃喝玩乐俱乐部的精神。

长发街老菜谱的顾客，我想大多都是附近公司的上班族吧。

老菜谱的对面，有家陈杏川菜馆，大约十年前去吃过，有几道菜至今不忘，让我想起一个海龟朋友来，我参加过这朋友在香格里拉酒店举办的婚礼，那场面，是我见过的最豪华、最浪漫的婚礼。我是跟他一起来吃的陈杏川菜馆。

七佰味江油肥肠

肖家河中街有家叫七佰味的江油肥肠店，出名得很，很难听到有差评。

对它是慕名已久，就是不敢前往。有一次吃了大石西路上的古镇遗风的江油肥肠，发了张照片在微博上，直让大诗人柏桦兄提醒，说这样的东西吃不得啊，吃了对身体没有好处。

这个我当然知道的，只是平时也不常享用，就不以为重，虽感激柏桦的爱护，仍是找个偶尔时间去偶尔一下。

陈存仁先生是国医大师，同时也是一个著述家，出了不少的作品，他在《津津有味谭·荤食卷》中说了猪的内脏疗效颇多，说："猪身内外无弃物，有惠人生第一功。"猪蹄催乳汁，猪胆能消火，猪肚能健胃，猪肺补肺虚，猪髓补脑力，猪心治心悸，猪肾能补肾，猪油也可润肌肤，自然猪脑也能补脑。

但是，却只字没有提猪肠有什么好处，他介绍了其他内脏的烹饪方法，独独没有猪肥肠的。

大家都知道猪大肠油腻、胆固醇高，而人类却自有巧工，有把垃圾做成美味的能力。成都双流的蘸水肥肠、白家的肥肠粉，各种做法应有尽有。

喜欢肥肠的人恨不得餐餐有，顿顿吃。连我们如花似玉的周莹妹子，也喜爱得很，而且还喜欢略带那味的做法。现在她开大馆子，不知道有没有肥肠卖，因远在天津，我们无缘体会。不过她做事我们只能竖根大拇指示赞。

我是介乎爱与不爱之间，不是特别喜爱，但有特色的也是绝对不愿放过的。

七佰味江油肥肠，有特色。因为他来自江油。

没有去过江油，不知江油本地的味道如何，成都人的嘴是出了名的挑，他能在成都站得住脚，说明有几把刷子。

七佰味有个特点，怕你把菜点多浪费，总是看人数，让你适可而止，不然跟你毛起。

好在吃喝玩乐俱乐部的成员多，一召集，连女娃子都要争着去，可见爱肥肠的人真非小众。

肥肠这玩意儿，我们知道是不可能常吃的货，一次能吃多少个特色菜就吃多少，怕老板骂我们点多，干脆一去就八个人，把这店里唯一一张圆桌给占了。

服务员先声明店里规矩：本店利薄，结账不打折；另外就是不扯发票。如果愿意的话就在此消费，不愿的话，就“吃不成鸟”。

我们说：“可以，不扯发票，我们扯筋。”

服务员说：“不扯筋，不扯发票。就是为了不扯筋，才事先要说明的。”

“那我们不要发票，只扯筋嘛。”

服务员知道我们在开玩笑，就说那我上菜了。

菜上得很快，跟一阵风似的。

菜都上齐了，风的方向还没到，我们成员中他是最爱肥肠的。

咸鱼小进及毛毛为了回家去拿酒，也没有到。今天他们是主角，过不了多久，我们就要喝他们的喜酒了。

怎么办泥？不能久等啊，肥肠油腻，又不是太热，很快油就会凝固。只有等他们来了重新点，我们先喝起。

老板姓雷，给人傲眉傲眼的感觉，说白酒自己去外面买，只有泡酒和啤酒。

好像是你爱吃不吃的意思，其实跟他聊起来，才知道他这是干净利落。每天要面对那么多各式各样的客人，不利落点不行。

我们点了十一个菜，唯一的蒸菜仔骨肥肠没有了，中午就卖完了。他说排骨只有早上的才新鲜，蒸出来的口感才好。下午的肉水气干了，照理还划算些，但给味道打了折扣，他不干。

他是2008年4月28号到成都来开店的，很快遇到了“5·12”地震，可想生意很难做。他是在成都硕士毕业后，借了母亲八万元开的店，现有两家分店，还投资了一家修理厂。

读了大学来开小店，他经过认真考察，分析了开店所在地的人流量，进出的都是些什么人，消费的水准是什么后才动的手。

清洗肥肠是个繁冗的事，稍不注意就去不了臭味。他对每个做工从不怠慢，不苟且。事事用心，处处小心。用油也好，香料也好，稍有变质就丢掉，哪怕损失几大千。

他很自豪，他与大厨都是江油人，他把大厨介绍给我，说姓王。在成都开店卖江油肥肠的，老板与大厨都是江油人的不多。

他曾在新疆打了五年工，他知道一方水土一方味，江油肥肠在江油是早上和中午就干饭吃的。一份烧肥肠、一碗干饭、一碗葱花醋汤。就跟富顺一样，一碗豆花、一碗干饭、一碗卤水汤，一顿早餐就美美的了。

而成都人早餐习惯是稀饭馒头包子，或是面条，要不就是豆浆油条。讲究点的在家里吃点牛奶面包，要让油腻的肥肠成为成都人的早餐，难度可想而知。

雷老板最后放弃做早餐的想法，专卖午餐与晚餐。

成都人最在乎晚餐，不管你路有多远，也不管你是否是苍蝇馆子，只要味道巴适，就会蜂拥而至。自行车与奔驰宝马擦挂是时有的事。

成都人的嘴最挑，做餐饮要不断地革新，改良菜品，新鲜稀奇的吃食是成都人的追求。

雷老板摸清了成都人万变不离其宗的特点：麻辣鲜香嫩。在特有的几个味型中，用传统的方法，加上主菜肥肠就成了今天的七佰味特色了。

在我们点的所有菜品中，我敢说只有烧肥肠与卤肥肠有其江油的传统特色外，无一没经过改良或说取巧。

像干煸肥肠、尖椒肥肠、仔姜爆肥肠、火爆肠头、豆花肥肠、双肠血旺等，都是成都人喜欢的家常味，你不用肥肠，哪怕是羊肠牛肠，只要你不欺客，善用心，一样地会受到成都人的爱戴。

雷老板三十多岁，未婚。他的理想是有自己的铺面，开一家能传承下去的店。

他喜欢写网络小说，网名叫流云飞渡，已写了两部长篇了，我看了部分，好看。

金门食坊马家菜

金门食坊马家菜在奎星楼街，红色的店门装饰，很显眼。

正对大门的墙柱上有一匾介绍马家菜，如果说马家菜是一本书的话，那这匾上书的就是内容简介了。

简介的字不多，却让人读来拗口，缺少逻辑性，而且多有不当用词和错别字。比如说“金门食坊马家菜，系世居成都少城三百年的满族人马先生在《少城面馆》精典面食推出后的川菜中餐店”。马先生面善，我就怎么看，也看不出他有三百多岁，精典显然该是经典。因此，我觉得有必要在此整理后简述一番。

马家菜是少城满族人马氏后裔的马先生在研习川菜数十年后，创造的一系列他认为的川菜“杰作”。后遇到了少城

“烂招牌”的传人张先生，让张先生来此主厨。

“烂招牌”始于清末，盛于民国时期。张氏后的张先生在20世纪90年代重拾祖业，达到了鼎盛。我查过很多资料，都没有查到“烂招牌”的信息，余生也晚，无缘品尝当初“烂招牌”的菜品。

后来马、张二位“与时俱进，海纳百川”，引进台湾闽南菜系，取其精华，与马家菜、烂招牌菜融为一体，构成了独具特色的金门食坊马家菜。

其中让他们得意的菜品是藿香鱼、回锅肉、麻婆豆腐、凉拌兔丁、红油肺片等。

自家葵老师带我去过后，我又去过多次，印象最深的菜品叫客家肥肠。客家肥肠是道蒸菜，味道鲜美，十分耙和，也不腻人。

有一天，妖怪打神仙说，他那里还有点经费，想去吃金门马家菜。

我说：“好啊，很久没有去吃了，正想找个时间去呢。”

妖怪打神仙说：“那我就约人了。”

当我步行到时，妖怪打神仙、小进、相当随和、没电好恼火已坐在那里，只等我去点菜了。

这帮小子，从来就把这项工作交给我做，点菜这事其实真的很难。

马先生亲自来接待我们，我说：“来个客家肥肠。”

马先生："没有了。"

"怎么会，那么好的菜都不卖了。"

"没有达到我的要求，我亲自去考察的菜，厨师做得不到位，所以不卖了。喜欢吃肥肠的话，我们这里还有青笋烧肥肠，味道可以。"

"是吗？那来一个试试。"我以小人之心度了马先生的专业不苟且之腹，怀疑是不是厨师走了，他才这样说的。哪有好吃的菜不做的道理，做得不到位，可以不断努力啊。

我们又点了个马家土鸭子、藿香鱼、凉拌兔丁，还有一个腌腊拱嘴，马先生给我们推荐了一个汤锅，就说："不能再点了，吃不完浪费。"

我拿起手机要拍下菜谱，马先生立马制止："不能拍，这是我们的秘密，是非物质文化遗产。"

"非物质文化遗产？"幸好我从小眼睛就好，不然一定就大跌眼镜，让我迷失方向了。不过，我的手机还是差点掉进汤里。

我说我是想拍下来写篇文章，不是要偷师学艺。是非物质文化遗产的话，就不应该开餐馆，是应该开博物馆了。

马先生听说我要写文章，就说好啊，你是不是"年夜饭"的，我说不是，我没有听说过有叫《年夜饭》的杂志或是报纸，倒是买过一本三联版鲁伊主编的《年夜饭的艺术》。

我说我是只写自己的体验，可能会发表的。

金門食坊馬家
金門食坊高粱酒

马先生说："我开店是个传奇，好久把这个传奇给你摆一下。"

我说："好啊，你看什么时候。"

马先生："看哪天下午喝茶嘛。"

我没有与马先生喝茶，听他摆传奇。我想大致出不了我的想象，传奇故事，我也编得来。我不太喜欢餐馆卖故事。

我去过几次台湾，也吃过一些福建、广西等地的菜，可能是他们把其精华融合得太到位了，我一点也没有把闽南味品出来。

唯一能看得出跟台湾有关系的，是柜台里放着的金门高粱酒和墙上几位台湾友人来此的照片。

妖怪们总是无酒不欢，就来了一斤土罐瓶装的"金门高粱白酒"，据说有62度。我打了引号，是我码不实在，究竟是不是来自台湾的金门。瓶子上什么都没有，没有产地，也无商标和生产日期，这样的酒怕是过不了海关的吧。可能是从金门游泳过来的，全是裸装。

可能度数高，也可能金门高粱酒没有想象的那么好喝，很多客人喝不完一整瓶，也不带走，就存放在这里。瓶上用纸条写着存酒人的名字与电话，橱窗里已摆放得满满的，是一道独特的餐馆风景。

一次，我忍不住问服务员："是高庙白酒吧？"她笑着说："不要乱说，我就是高庙来的。"

还是说菜吧，在我看来都是地道的川味家常菜，看得出马先生的用心，味道确实可圈可点。

建议试试凉菜：马家土鸭子、凉拌兔丁、红油肺片。热菜：泡椒鸡杂、干豇豆回锅肉、藿香鱼、茄子炒豇豆、爆炒仔肝。圆子汤也做得不错，干豇豆焖猪手也可以。

金门食坊马家菜开店的时间不长，到现在只有两年多。马先生说他在成都很多地方都开过店，从少城出去，现在又开回少城来了。

他是个和气的人，对人也热情。对自己创造的菜品也很自信，他希望有更多的食客来品尝，来分享他的心得。

“为了社区和谐，本店20点打烊，21点关门。敬请各位食友谅解。”墙上贴着这样的告示。

对于像我们这样的夜猫子，喝起酒来就要忘记时间，整得马先生来提醒我们，寻求理解。我们感到很不好意思。

摸底河畔鲜椒跳

实业街从西安路一直杀到商业街，这条街上曾有几家叫座的小馆子。特别是在实业宾馆院内的那家，以前每年夏天都要在那里喝不少的啤酒，吃那里的盘龙黄鳝、韭黄炒田螺。

如今此店已不存在，每次我路过那里去商业街的求知书社买书时，都心欠欠的，老惦记着。怎么好端端的就没有了呢。

走过这条街无数次了，基本上路况还是熟悉的，哪里开了什么店，哪家店又不知去向了，些许的变化，心里还是记着的。

实业街横跨了一条小河，据说叫摸底河。有河就有桥，不然实业街就断了。

从古到今，桥的两头都自然是做小买卖的地方，吆喝的小商贩更是活跃。

如今不比古时，人心不古了，形式自然更不古了，大多坐店开门。但靠桥边地盘讨生活的方式却没有变。

河的两岸有不少的小茶馆，周边也有很多的小餐馆，大多没有什么特点。所以我从来也没有想过在这里留步，在哪家餐馆里充一下饥什么的，更不要说喝喝酒、摆摆龙门阵了。

但有一次黄昏，我与家葵师和启正兄去吃金门食坊马家菜，走到桥头时，发现白底灯箱上咚大的鲜红的“鲜椒跳”映在眼前。他们好像并没在意，我却偏过头去看了看，想是河边的哪家小店呢。

相当随和的家就住在附近，两口子休闲散步常在这边活动，有时不在家开伙，也会出来找吃的。比我早来体验鲜椒跳，实在是正常不过了。

能跟老吴一起常耍的哥们，都是善于分享各种美好的人。知我是苍蝇王，相当随和就组织妖怪打神仙和没电好恼火约我去尝尝鲜。

尽管我已连续与海南来的朋友喝了一周的酒了（也就说明我与俱乐部的会友一周多没有聚了），我还是很爽快地答应了。我连地址都没有问，就知道是哪一家，直当当地走去，正好看到他们坐在桥头的路边，一张小方桌已摆好，只等我与妖怪打神仙到了好点菜。

尽管相当随和同志吃过一次，却并不太熟悉。一位中年大姐建议我们来一份油炸的凉菜，并让我猜猜是什么菜，开玩笑说：“如果猜对了，就不收你们的钱。”

这位大姐姓陈，是这家店的老板。她也不管我们同意不，就放了一盘在我们的桌子上。

我们只好猜，相当随和说：“炸猫猫鱼。”

弱爆了吧，一般人都会认为是这个，当然不会对的。如果这么容易就知道答案，老板除非疯了才让你猜。

我们每人都尝了一条，怎么猜也没有对。我假装去点凉菜，悄悄地去问小工，小工跟我说了，可是偏偏我的耳朵不好，一个字也没听清。我还没与小工亲热到可以咬耳朵的程度，就让她再大声点说一下。

陈大姐发现我在打听，以为我知道了结果，就说：“不算，还是要收钱。”

她说：“是炸平菇，我们把平菇上的那层灰黑的皮撕掉了。”

我们都以为是肉食，可想而知，吃这玩意儿，哪在乎吃的是什么东西啊，骗得过味觉就是美味。

鲜椒跳的品种有：鲜椒蛙、叮叮兔、鲜椒蛙肚、水煮耗儿鱼、沸腾鲜黄喉、沸腾草原毛肚、沸腾血旺等。

我们人不多，要了一份鲜椒蛙。

相当随和说：“毛肚与黄喉可以拼，叫双脆，先尝一下，如果合味再单独要。”

相当随和是很会生活的人，听他的没有错。

此时正好一锅热腾腾的卤菜起锅了，品种不多，只有两三样，像什么鸡脚、腽把什么的。我们又来了一份腽把，卤菜并不值得称道，看着热腾腾的起锅，放心。

这里是一家面店，陈大姐说她一直只卖早上与中午。我抬头，果然看到店名叫桥头家常面。

鲜椒跳是最近才开始卖的，她说，她弟弟爱赌球，输光了，想挣点回来，看到这里晚上不卖东西，可惜口岸了。商量后才想到来一起做鲜椒跳。

鲜椒跳，关键在那跳字上，跳即跳水，是自贡一带的叫法，如跳水泡菜，成都叫洗澡泡菜，指泡菜的时间不长，一般只是隔夜，能保持蔬菜的鲜嫩和口感清脆。

鲜椒跳这种烹饪方法，也取其跳水泡菜的原理，为保持食材

的鲜嫩脆的特点。自贡菜的鲜辣加青花椒的清香，是成都人喜爱的味道。

陈大姐的弟弟是不是亲自掌厨没有问，看他用的器皿好像还有些想法，估计他是想让食客觉得实惠，器皿时尚精致且体积了得，所以价格堪比大餐馆。味道虽是及格的，却并不经挑，有意犹未尽之憾。

我还是建议他们去掉浮华，实在一些，才更像是讨生活的店。

富顺大转盘羊肉馆

到富顺去吃羊肉汤，是我一有空就存在的念想。

可十七与女儿并不买账，她们对此不感兴趣，她们说："要去你一个人去。"气得我说："到底富顺是哪个的故乡喔？放那么长的假都不回去看一下。真是的。"

一个人去就一个人去。不过还好，阿茂听说我想去富顺，说他也要去，而且他也跟回到了合江老家的丹哥说我要去，丹哥说他可以到富顺一聚，然后再到合江吃烤鱼，去白马镇吃鸡汤。

然而，阿茂直接把我带到了泸州，在泸州尿都没有撒一泡，就直接去了合江，他老人家的故乡。丹哥早在合江佛荫的收费站等着我们了，直接带我们去吃鸡汤了。

他们是回家乡，我没有理由让他们再陪我去富顺。于是今天早上一起床，我就直奔富顺去了。

我想一个人体味一下羊肉汤，就没有打扰任何人。吃哪家好呢，富顺我很熟，羊肉馆子多得不得了。李二羊肉馆是我以前爱去的，没想到他小子宁愿去踩三轮载人，也不愿开羊肉馆子。可见，羊肉汤好吃，开馆子的人还是太辛苦了。

在城里转了一大圈，找了很多家都不中我意，又怕见到熟人，就不好玩了。最后选择了只去过一次的大转盘羊肉馆。不为别的，味道不错，而且停车方便。

这家不是大转盘的总店，是一家分店。总店在不远处的大转盘处，大转盘就是两条大街的十字口中心，修了一座大转盘，车行到此绕转盘一圈，可缓解堵车。可能这家羊肉馆子开在大转盘附近吧，老板就叫大转盘羊肉馆。

味道好，吃的人多，一家馆子满足不了人们的需求，就开分店了。

走进北湖南路这家分店，可能去得早，人还不多，老板蛮热情的。问："吃些啥子呢，羊肉（音：入）、羊杂、肚子还是炒菜？"

"我看到点。"

他让我去厨房里，由师傅介绍羊的各个部位。

我说："来二两羊脑壳肉、二两肚皮肉、二两肚子。"

本来以为还早的，看到一端上来的蘸料和那碟泡豇豆，肚子一下子就叫起来了。

我看了一眼门前蒸得上好的粉蒸羊肉，老板立马说：“来份蒸笼儿？”

“要得。”我一听到他那地道的富顺话，把个“笼”字说成“轮”音。“来份蒸轮儿”，爽呆了，拒绝不了。

我知道吃不了那么多，想到自己来一趟真是不容易，哪怕是尝一下也不枉此行啊。

羊脑肉里的羊舌不好吃，不应放在汤锅里。我给他建议，羊舌可以做凉拌的，味道丰富也多一个菜品。

羊肚子和肚皮肉加上刚断生的泡菜，真是难以形容的好吃，两碗甑子饭就下肚了。

一个卖菜的大姐，把担子放在门口，里面还有些剩下的血皮菜和两个嫩南瓜。她要了一碗羊肉汤，估计最多二两，还让老板打了二两泡酒，整个过程她都笑眯了。

如果今天不走，放下车子不开，也可以像她一样，来二两，面朝羊肉汤，自在像神仙。

合江佛荫冯氏鸡汤

鸡的吃法，我只喜欢三种，一是白斩鸡，一是凉拌，一是炖汤。

丹哥与我一起吃过不少的鸡肉，知道我喜欢鸡汤。给我说，合江白马的鸡汤是他吃过最好吃的，其他地方做不出来，除了要当地的土乌骨鸡外，可能跟当地的水有关系。

他曾带过当地的鸡回成都来做，都做不出那味道来。然而我不太相信，我说，我吃过太多的鸡汤，说远的，我吃极美的台湾阳明山的跑山鸡，近的就是岳父家的墨鱼炖鸡，他家有一口几十年的老瓦锅，炖出来的鸡汤，我吃后就没有想过还想去吃第二家的。

这两年，自己也在家摸索，炖出来的鸡汤，无论是墨鱼的、白果的还是蘑菇的，都有了相当的水准。

人要是自信起来了，就不信其他的锅儿是铁打的。

丹哥说："那你好久去白马吃了再说嘛。"

丹哥的岳父家住在合江佛荫镇，离白马镇只有十几分钟的路程，平时我少有出门，以为合江在天远地远的地方，起一个去的念头要下很大的决心。

大假照常是丹哥一家回去孝顺父母的时候，听说阿茂要带我去合江吃烤鱼，就正好可以满足我的口腹白马鸡汤之欲。

早早地他就在高速路佛荫出口等着我们，阿茂带着我东转西转，正担心他会把我卖到哪里时，看到了丹哥笑嘻嘻来跟我们打招呼了。

佛荫镇往前走就到赤水，过去就是贵州的地界了。镇上到处都是鸡汤馆，先氏鸡汤、周师傅鸡汤、税萍鸡汤、冯氏鸡汤……各家都有看家本领。

丹哥说："我们今天中午就吃冯氏鸡汤。"

"不是到白马去吗？怎么在佛荫了呢？"

"白马离这里不远，但现在白马那边不行了，白马那边的人都到这里来吃。白马镇那边最有名的是梁鸡汤，冯氏是梁家的徒弟，现在做得比师傅还好。"

菜谱很简单，并没有几个菜，丹哥说，这里餐馆的菜谱都差不多的，几乎都是同样的菜，镇上的鸡汤馆他都吃过，冯氏这家最好，人最多。

我们点了鸡汤小份、小煎鸡、泡菜鸡杂、鸡血汤、炝炒绿豆芽，邻桌的客人大多也都是点的这些菜。

“先尝一下鸡汤，汤不够，随便加。”丹哥迫不及待地说。

土碗里盛着的鸡汤，都是乌骨鸡，鸡肉斩得很大块。油面上撒些小香葱。

用勺子淘了一匙放在嘴里，彻底被征服了。

从没有吃过这么鲜美的鸡汤，真是无以言表，妙不可言。

丹哥露出了满意的微笑。

鸡肉都是活动肉，炖得刚刚好，蘸着店里特制的煳辣椒面儿，干香十足。

丹哥说这两天他来吃过好几回了，让我们多吃点。我却盘算着，什么时候再来。从成都到泸州，再过合江、再到佛荫，走了几段高速，默想着换了几次道，过几条路，大有要把他乡作故乡的打算。

小煎鸡几乎每桌都要了的，鸡肉斩成很小的块，肉非常脆、香，有嚼劲，青椒的辣与清香相遇简直是无与伦比，是下饭的好东西。

鸡血汤也是非常鲜美，血块嫩而不散，入口即化。

鸡杂没有想象的好吃，而且有点咸，我自信也能炒出比他好的味道来。

这些天丹哥喝酒喝得多了，他最喜欢的是炝炒绿豆芽，吃豆芽解喝鸡汤腻。辣椒炝出来的香味，让你无法停下筷子。丹哥说他们一家子来，都要点两盘。份量很大的豆芽要两盘，味道真不是盖的。

边吃我们边分析这汤是怎么做出来的，丹哥说：“听说关键是打泡子，有秘诀。”他说有人花两万块来学，师傅都不教。

“我想可能是，我炖鸡汤就特别注意打泡子，据说好汤是勤快出来的。”

丹哥捞起一点黑黑的粉末，说：“可能放了花椒粉。”

“是的，我已吃出花椒味了。”我说。

袁庭栋老师曾跟我说过，成都有名的九妹鸡汤，秘诀就是炖鸡汤时放一些花椒。看来果然不虚，我回去要试试。

花椒的好不是人人都能体会得到的，有一次在深圳与一美食家兄妹聊到川菜时，他们说川菜的辣他们都能接受，就是不能接受其中的麻。

我说：“如果你们在吃到川菜时，感觉到了菜的麻，那不是花椒的错，一定是厨师的问题。花椒是调味品，只要不是以椒麻为味道型的菜品，你一定是只品得出其中无与伦比的香，而不是麻。”

他们大以为是，说再到成都时要重新认识川菜的麻味。

佛荫的鸡汤啊，难道真是我说对了？

佛荫名小吃鸡汤面

鸡汤面是否好吃，跟鸡汤的好坏有关。

我一直怕吃鸡汤面。不是因为川人都爱辣的缘故，是我总能吃出面的面粉味来。

佛荫冯氏鸡汤店出门的左面，有两家鸡汤面馆，四川特色名小吃“任记”老字号鸡汤面和“佛荫名小吃”鸡汤面。

老字号也好，四川特色名小吃与佛荫名小吃也好，就跟冯氏鸡汤贯以“中华名小吃”一样，我不太相信是经过什么权威部门认证的称号，不过都是用来招揽顾客的广告而已。

虽然肚子都吃得胀胀的了，还是忍不住到了佛荫名小吃鸡汤面去看了看。

老板姓李，一家人经营此店，对客热情。

小李说鸡汤面好吃，小煎鸡面特别受欢迎，他端起盛小煎鸡的容器说：“你看，都只剩最后一份了。”

佛荫小镇地处四川边陲，我要为了鸡汤或是鸡汤面再来，恐怕下的决心比春雷的响声还要大才行。

“一两可以下不？”

“可以。”

“那来两个一两的鸡汤面，一个小煎鸡面。”

我不想征求阿茂与丹哥的意见，他们一定会以吃不下为借口而不答应。

“吃不了，尝一下就行了。以后没有机会吃这里的面了。”我跟他们解释，全然忘记了这里是他们的故乡，随时都有机会的。吃不完的，用十七的话说“就当是我吃了”，就不必有担心浪费了的自欺欺人的想法了。

阿茂和丹哥表现出了对我的强烈理解，坐下来陪我一起尝。

趁煮面的时候，我去“任记老字号”看了一下。当家的是个女的。我问她：“你的小煎鸡剩那么多，颜色跟他们的怎么不一样呢？”

她说：“他们是才学的。”

呵呵，原来卖灰面的见不得卖石灰的。

回到李家店，小李正给小煎鸡面在配作料。走过去看个究竟，他也不怕我东问西问是不是来偷师学艺的。

他说：“酱油要少，有一点点提味就可以了，然后放一点八角油、花椒油、芝麻油……”作料有十来种，最后再把小煎鸡、韭菜放在面上，然后拌一下就可以吃了，有点像宜宾燃面的做法，不过色与味要丰厚得多。

鸡汤面是白味的，放些葱花，几块鸡肉放在上面，好个素面朝天，令人胃口大开。

尝了一口，忍不住把小李叫来，说：“这面味道巴适，可以把店开到成都去。一年几十百把万地赚是没有问题的。”

“就是想开到成都去，我儿子在成都待了好几年，最近才回来帮忙。听说成都铺子租金贵，成本太高了。”

老李认得丹哥的岳父，他说丹哥的岳父知道他的店，口碑很好，有时早餐也可以有七八百元的流水。

这样的话，一天也该有两三千元的收入了吧，一年下来也不得了了，不知成都对他们是不是还有吸引力。

我说："成本是相对的，生意好了，成本就不是问题。找个好口岸最重要，面的品质不能变。"

老李说鸡汤面的品质他能保证，炖鸡他有秘诀。

"那赚钱的关键就在管理上了，如果你不会管理，就只能守在佛荫了。"

"估计成都的鸡炖不出这里的味道来。"丹哥说。

我说："到成都只三个多小时的路程，每天送也不是难事，只要鸡汤面的品质不变，卖贵一点食客也会满当当的。"

在成都开店，就要对成都人的胃口，成都人对面食有讲究有要求，河南的面、陕西的面、山东的面……在成都只有卖给他们同乡会的人。

成都人长的舌头是拿来品味的，生的牙齿宁愿用来啃兔脑壳，也不会去嚼舌头。

所以，所以，再所以，对面的要求，就是要有嚼头，要韧性十足味道十足。有嚼头有弹性的面，粗那么一点点的才喜欢，细如发丝的面，是内江人的最爱。

佛荫的面虽不是粗粗的，却也不柔弱似秀发，韧性好弹性强，鸡汤鲜，汤清亮，葱清香，对眼也对口。

老李说：“我们合股开店嘛。”

佛都要荫护的鸡汤，佛都要荫护的面。店招可以书：“佛荫鸡汤面”。

以虔诚之心做面，以虔诚之心品味。不看僧面看佛面，佛荫鸡汤面，好面。

百吉街49号少城牛杂

百花正街与百吉街交叉口的49号（附1号）民居，开始是打麻将喝茶的地方，不久前改为少城牛杂馆。

我每次去那里的菜市场买菜回家路过时，都要侧目观望几眼，寻思找个时候去试试。

因是开在我的家门口，反而错过了很多时机，回到家里自然是自己弄吃的最俭省，再说到家门口的餐馆用餐，于我有怪怪的感觉，一晃就过了几个月。

昨天下午都下班了，我还假老练地跟叶茂、周轶在电脑旁交流怎么做张炜的美术随笔集《逝去的风景》，从怎么定位到何种开本形式，是弄精装还是整平装，是单本呈现还是系列开发，全然忘了是周末，早该是他们回家温馨的时候了。

更假的是我还说，你们晚上有事没得嘛，要不我请你们去吃我家对面的牛杂馆，喝点小酒。

凭着我们上下级的关系，他们对望了一下，也不好说啥。何况他们也是好吃嘴，是酒仙儿，似乎爽快地就应诺了。

为了打消他们有买单的顾虑，我又说上周斗地主赢了一千多块，没有用完，还够搓一顿的。我还可以回家去拿我五年以上的肉苁蓉泡酒，保你周车夫喝后能生儿。

我跟叶茂说："你跟谢伟打个电话，让他也来，他懂美术，写过《美术的故事》《建筑的故事》，我们边吃边聊，可以打他的启发。"

少城牛杂分红锅与白味。

周、叶二位几乎异口同声："要红锅。"

伟哥怕辣，但晚来一步，红汤已是定局，他无奈之下，加大了我的成本，加了一个香油碟祛火，让店家有些遗憾："还是原味的巴适些。"

牛杂店是民居改建，屋内布局有些拥挤。我们到时，店家把我们安排在了室外唯一的一桌上。

合欢树下，七里香前，鸟笼里五彩的小鸟因我们的到来而欢欣跳跃。

店里菜品不多，主菜只有牛肉与牛杂，其他不多的蔬菜品种放在冰柜里，自由取舍，只要三元一份。当然也有些肉圆子和毛肚之类的荤菜，比起同类的火锅店来说，确实显得有些寒碜。

牛肉不像别的店切成片，而是剁成比丁大的块，我们要的杂是肉的二倍，肉茨蓉酒端起就开干了。

挑食的叶茂发出感慨，牛杂不管是肚肠，还是舌筋，都很入味，还又糯又Q又爽口，煮得恰到好处，不老不绵。

周车夫却说牛肉安逸、巴适。

店名少城牛杂，我想是店家以少城喻传统和正宗吧。食客喜欢正宗，店家却不说正宗，用少城绕一圈，成都吃客如我者，是明白其中道理的。一看碟中配料：蒜泥、黄豆、芹菜、香葱、大头菜，配以原汤，便知是实。

都觉得有些撑，飘雨了，虽是淋不着我们，还是喊买单。四人二百九十元，我们都以为算错了。给了店家三百元，说：不用找了。

她说怎么好意思呢。

我说不好意思就专门给我炒碗蛋炒饭吧。

蛋炒饭也要不了十元啊。

没得关系。

蛋炒饭上来，却是一大碗，我是吃不完的，还是劝着每人都来了一小碗，才算没有浪费掉。

“我们还要再来。”周车夫和叶茂如是说。

我偷偷地想，说不定他们真的会来吃独食，多半又没有我的份儿，背名无实的事我做了不少。

西安中路李孃兔头

西安中路45号蓝色的门牌下端，是一个自动售卖安全套的盒子。一蓝一白，特别显眼，如果安全套盒有知，会不会有些不好意思呢？红红的“安全套”几个字，有些像泛在它脸上的红晕。

以至于人们路过此地，都没有注意到旁边是一幢居住楼的过道。

过道不长，不足十米，也不太宽，就算没有安全套盒子的打眼，人们也不会注意到。

李孃兔头就在过道里营业，店招“李孃兔头”挂在像旧时监牢的铁条门上，孃字是按已被废除的第二次简化字写的，左边一个女旁，右边一个上字，估计现在的年轻人多半都认不得了，只能猜出是个“孃”字。

李孃兔头准确地说不是一家店，而是一个摊，白天不营业。下午5点才摆出来，一直要经营到凌晨3点，生意好得来像点燃了的鞭炮，热闹得“狠”。

这样不起眼的地方，只有如我等好吃嘴儿才会闻香止步，安全套的盒子没有让人尴尬。

李孃兔头在此摆摊有些年深了，地面上搞得黑黢黢的，环境实在不敢恭维，稍讲究一点的，到了这个地方都会皱一下眉头，犹豫是不是要坐下来。然而一旦坐下来，屁股上就跟有胶一样，离不开板凳了，恨不得把肚皮撑破了再走。

成都人（特别是女士们）爱啃兔头，自双流老妈兔头风靡以来，很多店子都使用“老妈兔头”来招揽生意。就像“麻婆豆腐”一样，家家店里都有，只要没有用上“陈”字，就算没有侵权。双流老妈兔头，只要前面没有加个“张”字，那兔头就是所有卤兔头的妈。

李孃兔头当然也不例外，自信他们做的兔头不比张妈的逊色，一种五香、一种麻辣。如果你难以选择的话，他们会给你推荐麻辣味。

其实兔头只是挂名头的招牌而已，主要经营的是冷锅串串。

串串香、麻辣烫、冒菜，是成都妹儿们三个并列的最爱。环境如何地不长脸，妹妹们都不会当回事。

菜品就摆放在安全套盒旁边的橱窗里，荤菜是半成品，都是在后院的屋子里煮熟后陈列的，旁边放有两口大号的电饭煲，底料在煲锅里翻滚着，点好了的菜，就在电饭煲里煮一下，放在不锈钢的盘子里，再在盘里放一些秘制的油辣子蘸料，就可以让你开心一个晚上了。

李孃兔头摊摊小，菜品丰富不输给开门店的，荤菜有：鸭肠、鸡皮、鸡胗、兔腰、毛肚、鱿鱼……

素菜有：木耳、土豆片、青笋尖、空心菜、新鲜黄花……

我觉得这里的菜每样都可以尝一尝，特别是鸭肠与鸡皮，脆嫩鲜香。

最大的特点是：辣！

爱拍电影的陈维去过一次后，再不敢复二伙。他说味道真是不错，只是肚子要跟他过不去。

辣不怕，怕不辣，不怕辣的，始终是成都小妹儿们。从华灯初上到夜深人静，谁又能说这里不是她们的派对场呢。

辣不仅体现在美眉们的嘴上，她们的身姿也可以让你冒汗。

夏夜的李孃兔头，是辣得有些暧昧的风景点。

桌椅都很矮，就连叶茂都说："不安逸。吃点点东西就把胃都抵得不舒服了，酒都喝不下去。"

不过，此时正好可以伸伸腰，四周打望一下。

妹儿们夹起腿在嘴巴上拉提琴，不是为了做斯文人，实在是走光的风险太大了。

然而，顾得了下头却并不顾上面，怎么说来着，有人用挤时间来形容的那种沟，却是她们乐意的表演，敢露是成都女人的自信。

男人们对此已司空见惯，一点也不觉得难堪。不好意思的，反倒是那些怎么挤也挤不出"时间"的妹妹们。

昏昏灯火话平生

曹家巷明婷饭店

去吃明婷饭店，是称它为“成都首席苍蝇馆子”，而不是后来说的“最牛”苍蝇馆子的时候。的确也是因为说味道好，还有就是说“残疾人饭店不扯发票”的传说。

我这人一般是不会轻信哪个说好就跟风的人，俗话说“食无定味，适者为珍”，饭菜的好，都是自己品味出来的。

我与夏公述贵约好去试试时，根本就是带着好奇心去的，也没有敢约其他食友一块去，大有踩点的意思。他带了酒去，我却开了车，整得来有点扫兴。没想到去时却遇到他的另外一帮朋友，朋友热情邀为一桌，与他公司的同人一起，正好拼在了收银台前的一张圆桌上，这倒是方便了我与老板不时地说上几句话。

可能是生意比以前好了，我们没有看到墙上贴有“残疾人饭店不扯发票”的告示，老板还有几分热情，可能朋友是熟客吧。

要了一张名片，上面用彩色印上了明婷的招牌菜品。老板叫张福明，我一看，立马就问他，是不是你夫人的名字里有个婷字，他说是，明婷饭店就是这样来的。

他们开饭店是因为他们的儿子患有先天性全瘫，得这种病比中彩票还难，是几百万分之一的机率，他们给遇上了，目前医学界对这病的治疗是和尚的脑壳——没法。两口子为了给儿子治病，在社区的帮助下，在曹家巷农贸市场内开了这家家常菜馆子，据说最初只有三张桌子。他们做生意诚实，菜品不仅味道好，而且份量足，口碑于是乎便越来越好。桌位就不停地增加，我们这次去的时候，都有十多张桌子了，很是热闹。

吃饭人多就是好，点菜就丰富，这里的招牌菜基本都点上了。

豆腐脑花、荷叶酱肉、炝香鱼、葱香腰花、水豆豉鸭肠、奇香排骨、莲白粉丝、霸王黄喉、米凉粉烧牛肉等。

最有特点的我认为是豆腐脑花，这道

菜很像陈麻婆豆腐。脑花最忌有膻味，一般是做不好的，他们的做法是把脑花和豆腐都汆水，去掉脑花的膻味与豆腐的腥味，沥干水分后，大火烧油，炒好，加了二三十味秘制的调料，像什么郫县豆瓣、海椒、香辣酱、鸡精等，还说要加鸡油保证脑花与豆腐的鲜嫩。更玄的是，做这道菜要勾三次芡，比陈麻婆豆腐还要多一次。每次还要改变火候，一次是大火炒香，后改中火、小火，为的是入味、收汁。出锅时撒上绿绿的香葱花，红红绿绿的，由不得你不吞口水。

如今这道菜很多馆子都学会做了，夏公述贵认为明婷的味道独一份，做得是最特别最独到。

第二道有特色的是荷叶酱肉，酱肉包在荷叶里，蒸得酱肉是红红的、亮亮的，清香扑鼻，吃起来肥而不腻。看到这菜，会让你想不到要减肥，只怕少吃了一片。

奇香排骨是朋友赞不绝口的，我却并不太喜欢。其他的菜品也没有我想象的好。

后来又去时，是文龙兄接待一个北京老总。此时明婷饭店变化得出乎我的想象，周围能摆桌子的地方都摆上了桌子。我们在等菜的时候，正平兄一张张地统计了一下桌子，说是有六十多张。大叹还做什么书啊，开饭馆才是赚大钱的生意啊。

人多得来就像是在吃坝坝宴，看似乱轰轰的，很是嘈杂，服务员上菜却相当冷静，绝不会上错一桌。这样的管理，我想张老板应具有开大饭店的能力。

我有一帮好吃的兄弟，都是80后，对于美味的念想，就像对新生活的渴望一样，有为之奋斗的激情。建了一个QQ群，叫吃喝玩乐俱乐部。把我也列在其中，主要是想让我当向导。他们没有吃喝玩乐的胆量与资本，只好期望我能满足他们的口腹之欲。好在我也是好吃，不跟他们吃也要跟其他人吃。于是带他们去过不少地方，每次都很开心地大块吃肉大碗喝酒。遗憾的是这帮小子第二次去享受时，一般都会把我忘了。

吃喝玩乐俱乐部秘书长叶茂，听说了明婷饭店是个好去处，口水不知吞了好多，好多次跟我提起去明婷吃一回。我要么说那里不好停车（张老板很自豪地说，他养活了一个停车场，不过，后来交警取缔了，停车很不方便）；要么我说那找时间去吧，没想到这时间一找就是两三年，到现在都没有去成。

春节前听说成都北门改造，曹家巷市场要拆了。皮之不存，毛又附在哪里呢？明婷馆子肯定也是要拆要搬了，后来听说搬到外曹家巷26号。

首席也好最牛也好，再也不会是它的帽子了。

蓝草路沙县小吃

沙县小吃有汉民族传统饮食的“活化石”之称，分两派，一是口味清鲜淡甜，制作精细的城关派；一是以咸辣酸为味，制作粗犷的夏茂（镇）派。城关派以面食为主，夏茂派以米薯芋当家。

“有井水之处，便有沙县小吃”，此话我信。出差到过很多地方，无处没有沙县小吃的存在。

玉林村是成都的美食天堂，小吃、大餐、火锅、串串，都有成都的代表店。蓝草路有家沙县小吃有声誉，自然也就不在话下。

我是前世的饿狼投胎，只喜欢嚼肉喝酒，即便是酩酊之后，对小吃也没有多大兴趣。记得小时候，一听说吃面吃饺子，就满脸的不高兴。那时家里穷啊，吃面吃饺子本是奢侈的事，但我还是宁愿酱油拌饭。

朋友知道我是好吃嘴，以为我什么都好吃，请教我：“什么地方的抄手饺子好吃？”我都无从说起，我好的不是那一口啊。

夏公述贵移居玉林村后，偷懒不想自己动手弄吃的，这家沙县小吃就成了他的食堂，几乎天天都去，与老板杨斌很快就成了好朋友。

尽管我不喜欢小吃，但是朋友的食堂，怎么也得去几次吧。

杨斌是真资格的沙县人，不信，可以拿身份证给你看。他到成都讨生活，被一个漂亮的成都妹妹迷倒了，获得芳心后，安家成都，现在已有十五个年头了。

杨斌来自沙县，希望沙县的小吃能跟四川小吃媲美。他相信热爱生活的人，就会像他热爱成都妹儿一样，会喜欢上沙县小吃。

成都人挑食，他想你再怎么挑，总不会挑做工讲究吧，对诚信总是满意的吧。所以杨斌以做“诚品”为店的招牌。

讲究货真价实，在店的显眼处公布原材料的来源，接受客人监督。

杨斌的店以云吞为主打，花样叠出，只云吞就有：炸云吞、爽口云吞、香拌云吞、排骨汤云吞、牛肉汤云吞、乌鸡汤云吞等，其他面食也很丰富，什么一品蒸饺、飘香拌面、红油拌面，都让附近的居民爱得不得了。

我是在他这里爱上了云吞的，云吞成都叫抄手，在面食里我最喜欢的就算是抄手了，因为薄薄的面皮儿里包的是上好的精肉或是鲜虾。

最喜欢杨斌的爽口云吞，连汤都不放过，一定要碗底朝天。香拌云吞的花生酱香得腻人，不敢多吃，却不愿少吃。

秘制的清炖排骨，有清凉祛火的作用，当归牛肉汤则活血祛寒。杨斌懂得养生之道理，知道酒对身体没有多大好处，店里不仅不卖酒，连酒杯也不备，自己带酒去也喝不成。

到成都十几年，他一直不改喝工夫茶的习惯，对像夏公这样的朋友，还非要亲自沏茶给他品评，我沾夏公的光，喝过他上等的乌龙。

杨斌的小吃质优量足，一月下来挣不了多少钱，妻子的舅舅也是做餐饮的，而且是海椒市著名的天香冒菜的老板，为了支持他们，把做天香冒菜的秘诀传授给了他们。

成都人懂得起冒菜的美好，说起天香冒菜，不吞口水的，说明你称不上好吃嘴。绝无分店的冒菜，和在玉林的蓝草路上的沙县小吃有了血缘关系。

有好吃的冒菜而不能喝上几盅，黄昏的蓝草路是不能原谅这样的客人的，大家把桌子搬到门前梧桐树下，要大干一场。

能在玉林吃上城东天香市的冒牛肉冒鸭肠冒脑花冒毛肚冒腒花儿，是夏公对我的无上奖赏啊。

夏公还去附近买了卤猪耳朵和猪尾巴，晓亮拿出他车里的好酒，叫晓剑、晓强一起来相聚，“一晓（笑）二晓（笑）加三晓（笑）”，用杨斌喝工夫茶的杯子，连浮几大白，有唐伯虎点秋香的快乐。

沙县小吃“杨斌诚品，正宗品质”成都有两个店，城北五块石还有一家，平时他总在蓝草路。

杨斌的店都不大，他有一个想法，开一个大一点的店，店里也可以喝喝酒，满足一下像我们这样吃花生米也要喝两口的人。当然，更少不了有喝工夫茶的地方。

新都同仁路土柴煮柴火鸡

大约是五年前，我在乐山城边的一片树林中吃过一次柴火鸡。就餐的地方是树林中搭建的简易帐篷，帐篷旁边几口大铁锅放在简易的土灶上，锅下面是一块块燃烧的大木柴，厨师就在简陋的地方，做出了美味的柴火鸡，端进帐篷里让客人品吃。就像是乡村里办九大碗，人们在坝坝宴中欢歌笑语，大赞柴火鸡好吃。

后来每到乐山去，都要去找找这地方，可惜都没有如愿，于是柴火鸡就成了我时常牵挂的念想，希望在成都也能吃上美味的柴火鸡。

这一天来得有些晚，但也来得有些猛，仿佛柴火鸡就像极端组织一样，非要把成都这块重镇拿下，在我看来，今年是终于完成了以农村包围城市的布局，以双流、新都、郫县、青白江等为据点，绕成都一周，在城乡接合部安营扎寨，并结合东北炖胖鱼头的方式，增引锅边馍为诱饵，征服了不少好吃嘴。

迅哥是我佩服的美食家，会吃会做，当然也会玩，跟他出去过几次，从来没有后悔过。只要他说好吃的，那就不得不让人心向往之。

他说："周日，我把你给安排了。"我服从，我开心。

他要给我介绍一位武林高手，武当派四川掌门人许成均给我认识。

自从小时候看了电影《少林寺》，就像得了病一样，武术就成了我们当时的"中国梦"，省吃俭用的钱用来买武术杂志，照着图像比画，现在想起来真是瓜得可以。后来去当兵，坚决要当武警，为的就是能学得一些硬功夫，好行侠仗义。

大师许成均，形意八卦大家李存义的传人，也是混元一气抖内功创始人。许大师身如大山，胖得可以，让我差点怀疑他是不是真会武功。然而他声如洪钟，动作起来，身轻如燕。

许大师功夫了得，自然弟子众多，今天带我们到的地方就是他得意徒弟，新都武协主席黄德善开的农家乐，位于同仁路的土柴煮。

同仁路一侧是正在建设的城区，另一侧则是绿油油的菜地。土柴煮就开在菜地边的树林中，若干口土灶搭在林中。简易的竹椅和木桌，让我回到了旧时的竹林盘中，一边聊天，一边就可以看到厨师做柴火鸡。炊烟从灶台升起，香气扑面而来，心里充满期待。

成都周边的柴火鸡并不像乐山那样，做好端上桌，而是大家围着锅圈，直接往锅里下箸，家常而又热闹，初冬围炉，既温馨又温暖。

许大师怕柴火鸡菜品单一，在家时他就亲自做了冷吃兔，卤好了鸡脚、鸡翅、猪耳朵、豆腐皮带来下酒，颜色好看味道也好。让我很惊讶，既是他的周到，更是为武之人也善烹饪的意外。

他还特地吩咐徒弟炖了排骨藕汤，并就地采了豌豆尖与青油菜来清炒，把其他的客人“眼气”了一盘。

柴火鸡的做法透明，任人观看，鸡肉是不是新鲜，菜油是不是纯正，一目了然，吃起来放心。

可能是因为师父到来，徒弟们做得蛮用心。我有心要学会做柴火鸡，于是寸步不离灶台左右，看厨师如何进行。

柴火鸡其实是一个概念餐，夏公说：“其实就是以前的烧鸡公，换了一种说法。”吃的时候，把在桌上吃，改在了灶台上吃而已。

迅哥笑着说：“柴火鸡是不是用柴火不重要，在家里也能做出这味道来。”

柴火鸡做法：铁锅烧热时，上好的菜籽油均匀地沿锅边倒下，待热时，放下匀净的土公鸡肉块，里面放一块老姜，拍破。不停地翻炒，炒干公鸡的水份，肉皮翻黄，鸡自身开始出油时，放郫县豆瓣、泡姜片、泡海椒、大蒜翻炒。再把水分炒干后，此时的鸡肉已上色，放土豆和四季豆一起翻匀，加水，贴上锅边馍，盖上锅盖（土柴煮的锅盖很特别，是用竹笋壳做的，蒸气在里面回旋，味道想来会很特别吧），水烘干后，撒上生椒和葱花，加些味精、花椒面等就可以吃了。

如果在家里自己做，锅边馍可能就不那么好做了，谁家的锅会有餐馆里的大呢！

大厨师是黄师父的合伙人，也姓黄，曾是一名餐馆大厨，爱收藏名人字画。成功的他不想再呆在城市里，要回归乡野，做一个坚持自己理念做菜的人。

我说："你的柴火鸡有点像自贡富顺一带仔姜鸭的做法，先焦，后回软，再干，鸡肉的味就厚，吃起来特别地香。"

他说："就是，柴火鸡做得好的没有几家，做得好的几家，都是我的朋友。"

柴火鸡我吃过不少，让我念念不忘的只有第一次的乐山那家，店名都没有记住，惭愧。土柴煮又让我恋恋不舍了，我立马发微信，写上了地址与店招。

柴火鸡注定不可能长久流行，如果长久的话，可能地球上的森林覆盖率就会逐年降低。

记住"柴火鸡只是一个概念"，用柴火烧菜可能是故乡的味道，是乡愁的味道，围着灶台吃饭饭也许会想起家的味道。

套用张爱玲“成名要趁早”，老吴说“吃柴火鸡也要趁早”，吃好的柴火鸡更需要去找。

西北正宗牛肉拉面

春节假中，要找一家馆子吃饭，真是一件不容易的事。

我和龚明德老师从流沙河老师家出来的时候，已是吃午饭的时候了，我们想随便在街上吃点什么就行了，因为到川师去吃饭是不现实的，师母与儿子回姥姥家去了，学校食堂到时也肯定没有吃的。

但我们走了好几条街，就是没有发现有吃的。我都有点灰心的时候，开车走到了一条叫长华路的街上，街的尽头就是一群正在建的高楼。我说开过去掉头，因为街对面发现一家大餐馆正开着。

在快要开到尽头的时候，看到了右侧的这家西北正宗牛肉拉面馆开着。龚老师说，就吃碗面吧，他说他喜欢吃面。

虽说我的糖尿病让我要少吃面，但我也宁愿一试。

拉面馆我见过不少，却从来没有吃过。非常佩服拉面师傅的本领，能把一团面拉成细如发丝的面条来。

因为是第一次吃清真的西北拉面，拉面有什么特色，味道如何，我能不能接受等问题不时在我脑子里打圈圈。于是充满了好奇，东看看西看看。店面虽然不大，操着西北口音的工作人员却不少，估计是家搭子一家老小来成都讨生活的。

这家店里的品种多得数不过来，满满的一堵墙上都是他们经营的菜单，有各种的炒面炒饭不说，还有盖浇饭拌面之类的。为满足客人的不同口味，他们也真是太辛苦了点。在这么偏僻的地儿开店，真为他们捏把汗。

我要了一碗二两的清汤牛肉拉面，龚老师要的却是三两刀削面。

我想大过年的，虽只有我与老师二人，只吃碗面好像也不太像过年的样子。龚老师说初一看父母，初二看岳父母，初三拜朋友，今天我们去拜沙河老师。也就是说年还没有过完，我又叫了一份新疆大盘鸡。

我们吃着面，不时地问一下师傅问题，了解一些情况，虽说是西北来的，但我们并不知道是西北什么地方的，大西北大西北，可是一个大啊。我一般都会想到兰州，但看到店里有青海西宁的清真寺照片，果然交流中他们说是西宁来的。

我要的拉面上来了，汤清面细，面上两片薄薄的熟牛肉，翠绿的葱花点缀在汤面上，让人食欲大增。这西北牛肉拉面的特色味道真是不错，鲜香可口，面又筋道。

原来牛肉拉面看似简单，其实复杂。有四大讲究，一是要汤清，二是面要白要筋，三是辣油要红润，四是香菜蒜苗要鲜绿。

最具特色的是汤，汤是由青藏高原的牦牛肉、牛油、牛骨熬成，还配有二十多种天然作料，是些什么，自然不会透露了。面自然是纯手工的了，没有听说过用机器拉面的。

对客人来说他们下面就太简单了，一锅清水，一锅牛肉汤。面下滚水煮熟后放在碗里，一瓢牛肉汤，几片牛肉，撒些葱花。又好看又好吃的拉面就成了。

店家的说法是：口感滑而不腻。的确，看上面一层油珠，并不觉得有多腻人。还说古人云：面可补心，肉可补身。反正是有往你身上放的好都给你放上去。

说到高原的牛羊来，当地人总是不遗余力地说好。我去过新疆去过内蒙古，他们都引以为豪的是天下的牛羊就数他们那里的最好，吃的是天然的中草药，还特别强调也吃了冬虫夏草，饮的是天然的矿泉水，呵呵，所以肉质鲜嫩，没有膻味。又能驱寒又能保暖，还可以滋阴补阳。对人体自然是“兄弟好啊，好得不得了，六六顺啊该你喝啊”。

新疆大盘鸡上来了，真是一大盘，连邻桌的客人都说，你们吃得完啊？真让我心里觉得愧对大盘鸡。

新疆大盘鸡我在新疆吃过，显然这是另一种做法。是鸡肉土豆洋葱蕃茄青椒红椒和干海椒配以时蔬，与蕃茄酱一起煮熟而成。味道还算鲜美，在我与龚老师看来，红红火火的颜色放在我们面前，那才是过年的味道。

新都清流镇石板鸭

新都清流镇是现代著名作家艾芜的故乡，艾老被称作流浪文豪，一生中有很多时间在外游历，《南行记》是他的代表作。读过艾老作品的读者可能都知道，艾老在他的作品里对故乡清流和清流的黄板鸭多有提及，念念不忘。

龚明德老师去年曾去清流镇做了题为《我与艾芜》的讲座，让艾老家乡人对文学家的艾芜有更深一层的了解。受龚老的影响，我也喜欢艾老的作品，并与龚老在艾老有生之年有过两次见面的机缘，聆听过他的教诲。

清流镇要筹建艾芜故居，并要先行出版回忆艾老的作品集。龚老师约我一起到清流镇去看看，真是让我喜不自禁。

庄严是清流人，对艾老有感情，对家乡有说不出的热爱。其父庄增述也是作家，曾写过《吴虞传》《周颖南传》

《义云高大师》《黄埔奇人——草鞋县长康冻》等作品，对家乡的一草一木如数家珍，更让我喜欢的是他父子都是美食家。

这次就是由他们带引我们，去镇上见刘书记共商出版与艾芜故居筹建的事。

在交谈中，庄严说到了艾老爱家乡的美食，在作品中多次提到黄板鸭。刘书记就说，中午就去吃板鸭。

黄板鸭在民国时期就名噪远近，馆子开得很大。但现在的清流镇已没有黄板鸭店了。庄严说是因为黄板鸭的老板坚决不把制板鸭的方法传给他家的后人。黄老板说一辈子杀鸭太多，罪孽太重，不让子女操他旧业。

现在闻名清流镇的是石板鸭和阙板鸭，都是当年黄板鸭店里的佣工，他们勤奋好学，学得了不逊于黄板鸭的技术。

庄严介绍说，阙板鸭不开店，只卖成品鸭。石板鸭开饭店，生意旺得很。清流是个农业镇，没有工业，注定了这里的食材十分生态。

镇上刘书记带我们从后门停车场进店，里面好大一片，晒场的铁架上全挂着酱好的板鸭。

清流板鸭创始已有近百年的历史，是精选没有喂养饲料的“土鸭子”加工制成，成品形如长颈鳖鱼。加工包括褪毛、脱水、晾晒、熏烤、造色、配料六大工序。在配料过程中，采用了多种名贵中药材。因制作工艺独特，味美适合南北众口，在民国三十四年（1945）就远销省内外。

石板鸭制作恪守传统，精烹细作，不加任何添加剂、色素，有色泽红亮、皮脆肉嫩、肥而不腻、咸淡适宜等特点。

庄严说，其实黄板鸭原是一个派系，与白系板鸭相对而言，如南京的盐水鸭就是白派的，正好民国时期做黄板鸭的老板也姓黄，黄板鸭大家就都以为是黄家做的板鸭了。

石板鸭有越做越大的打算，菜品非常丰富，除了板鸭，还有卤的鸭胗与腊把，咸淡适宜，是下酒的佳品，红烧鸭血是招牌菜，老板大力推荐。

他们的拌白肉是一绝，看似农家风格，味道却独具特点，味厚化渣，爽口。香肠更是独此一家。

汤菜是青笋炖鸡，我是第一次吃到，庄严说，这样吃才是正宗的炖鸡汤。对鸡汤而言，好吃不在正宗二字，我曾在

台湾的阳明山山腰吃过那里的凤梨凉瓜鸡，人间绝品。

庄严说，炖鸡什么都不要放，就用清水，放青笋，起锅时放些盐与葱就是好味道，他的话不需证明，好汤就在眼前，简直让人不能相信，至简，至美。

让明德老师最青睐的菜是炒藤藤菜的秆。庄严说，加豆豉清炒还一定要放青椒，味道才出得来。他说还有一种吃法，就是不用刀切，用手撕，一丝一丝的，把青椒也切成丝，吃起来不摆了。

刘书记每吃一个菜都要说到菜的生态，没打农药。他说他家从不吃打过药的菜，他家吃的菜都是自家地里种的，如果生虫了，要么是他父亲一条一条逮掉，要不就是他父亲用辣椒水喷在菜蔬上，虫子就不会吃了。

烂肉烧黄豆。又好看又好吃，我吃了不少。

庄增述先生说，泡青黄豆你们吃过没有？我吃过酱的青黄豆，听都没有听说过有泡的。新繁是四川的泡菜之乡，有很多传统的泡菜技术，新繁泡菜早就是全国有名的地方美食了。庄增述先生说就是在新繁，泡青黄豆的传统也失传了，据他了解，目前只有他家还在做。

庄老师说，现在正是泡青黄豆的时节，方法简单得很，但要做好不易，因为需要时间，一般要泡四个多月，没有多少人有那个耐心。

他见我听得用心，还用笔记，就没得保留地全告诉了我方法。庄老师特别叮嘱，一定要与二荆条海椒一起泡，过年的时候拿出来吃，一青一红，那个味道啊才叫巴适。那么多的菜就在眼前，听到这里也让我期盼春节到来的那天，不由得轻轻地吞了点口水。

我回家后如法炮制了，是否成功还不晓得，就不公布秘方了。待到寒冬时节，能生津我口舌时，再与大家分享。

庄严说，好味道没有什么诀窍，只要油好、食材好就可以了。他不相信什么秘制一说。

但对我而言，当尝到妙不可言的美食时，又怎么能相信好味道是那么简单的事呢?

海桐路毛哥芋儿笋子鸡

6月29日下午，与明德老师去沙河老师家，说了很多吃的话题。

陶霞给明德老师打电话，说晚上安排她老家的同学在川师附近吃芋儿鸡，让我也去。

龚老师是个路痴，芋儿鸡店虽就在他住家不远，却记不得去的路（当然，是从沙河老师家过去哈）。

还好，那边我去得也多，大致在什么地方我还晓得。

明德老师说："到了那附近我就知道了。"

芋儿烧鸡是川渝两地的家常菜，很多家庭都会做。

到餐馆去吃芋儿鸡，一般都是火锅版的。火锅版的芋儿鸡，较之家庭版，味道不仅更为丰富而且也更鲜美。

火锅版的芋儿鸡，因底料各家有各家的秘诀，而成就了不同口味的品牌店，麻辣鲜香，各有侧重。对特别喜欢重口味的年轻人来说，适口的芋儿鸡店，是他们热爱的地方。

在成都一提到吃芋儿鸡，首先想到的应是双流华阳的余记全家福芋儿鸡和成都龙王庙的绝城芋儿鸡。

双流华阳的余记全家福芋儿鸡，在向阳街，搞动漫的魏纬带我去吃过一次，味道真是值得称道。我非常喜欢黄昏时分的向阳街，全家福门前枝叶茂密的榕树上，叽叽喳喳的鸟语声，与店里觥筹交错的热闹氛围极为协调。

龙王庙的芋儿鸡听说了得，我还没有去过，说是下午4点多就开始交押金排号，传得神乎其神。那里的餐馆我去过多家，环境状况十分熟悉，不知为什么，我一直动不起去吃绝城芋儿鸡的心。

芋儿鸡，讲究的是用叫鸡，即公鸡。“鸡要吃叫，鱼要吃跳”，活蹦乱跳现宰现烹才叫新鲜。

既叫芋儿鸡，与鸡相配的自然是芋头。但几乎各家都还配了一样东西，那就是竹笋，有的用笋筒，有的用笋片。

上好的芋儿鸡给你的口感一定是：鸡肉的鲜香，芋儿的软糯和笋子的爽脆。

一路上顺利，到了海桐路，龚老师说：“就是毛哥，毛哥芋儿鸡。”

店名叫毛哥芋儿笋子鸡。店门外养了几笼子的鸡和兔，龚老师报了我们的人数，老板娘就去捉了只大大的公鸡，放在秤上一称，报了价：“一百八十元。”

看来明德老师是来过多次了，与店里上下都还熟悉。老板娘说话让我浑身不自在，不是她不客气不热情，而是她一热情，就让我想起武侠小说中的天山童姥，声音像极了幼儿园里小盆友的礼貌。

我们选了一棵大树下的桌位，树是海桐树，街以此为名？

周围都是新起的楼盘，“天山童姥”说他们在这里已开了八年，可想而知，八年前的店是一家路边店，味道好，远近有名，现在是一家有店面的店了。

“我们只卖两种菜，芋儿鸡和火锅兔。”天山童姥说。

“我们下次再尝你的兔子，你贵姓？”

“姓毛。嘻嘻。”天山童姥回答。

“不可能喔，那咋叫毛哥呢，毛姐差不多。你们俩都姓

毛？”

“不是，我姓周，真的。”可能她是怕我们认为她的“毛哥”牌子不正宗吧，先说她姓毛。

毛哥兴高采烈地拿一瓜瓢来加料。

我以为他是厨师，他急忙说：“我拿身份证给你看。”

鸡从现杀到上桌大约二十分钟时间，汤汁红亮，鸡肉鲜嫩，笋片果然极为爽脆，芋儿也软糯适度。

明德老师问我味道比起华阳的怎么样，我说还是华阳的味道要厚些，不过也正是毛哥的稍微清淡些，也才适合明德老师这个外省人的口味。

我说：“华阳全家福的味道好，人气好。不过毛哥芋儿鸡多一味，就是人情味。”

人情味，是八年了还兴旺的原因吧！

清流场的板鸭

读野岛刚的《两个故宫的离合》，正读到作者讲到有“老故宫”之称的庄严（字尚年）父子的故事时，新都图书馆的庄严来电话了。

我不由得会心一笑，真是巧啊。

新都图书馆的庄严，是有学问的美食家，去年他陪我们去艾芜故里的清流场吃了一回石板鸭，至今想起来也口舌生津。回到成都后，我写了一篇小文，《海南日报》以《艾芜故居的石板鸭》为题发表了，发在网上，他们还真看到了，因在文中提到了庄严父子，他们对我这个好吃嘴也就特别照顾，不仅让我要知其板鸭好吃的然，还要让我知其所以然。

读书节前的一个周末，新都图书馆搞活动，我随龚明德、谢泳、冷冰川、贺宏亮、冯铁还有中华书局上海分局的余作赞先生等一同参加。庄严说他搞到了板鸭制作的秘方了，要给我看。

我想我又不开板鸭店，方子给我也没有用处，但作为了解我也没有拒绝。

我眼里看着庄严，耳里听着庄严的话。

新都的庄严要了我的邮箱，不忘提醒我注意身体的同时，还说吃板鸭还是要喝酒才有味道。

今天，我把庄严兄发给我的文字作了一些修改和删减，发表出来，供大家了解清流场的板鸭是怎么制作的。

我曾说过，跟给了你数学的公式，你未必就能做对数学题一样，板鸭的制作，你有了秘方，不拿几百只甚至上千只的鸭子来丢，估计也学不到精髓，何况鸭子的选择，也不是随便哪里的都要得。

新都清流镇清流场板鸭闻名省内外，始于民国三十三年（1944）前后。当时日本飞机轰炸成都，市民疏散各地，新繁县城也住了不少成都下来的人。

县城几家主要红锅饭馆，如协生园、定成园、海昌和、三二亭等，都要到清流场来订购板鸭，配盘上席供应。来避战火的顾客品尝后，赞不绝口。

清流镇的一些板鸭店看到商机，时常在新繁县摆摊设点，在此躲轰炸的人们顺便也就带些回成都，自己吃也好，馈赠亲友也好。很快，清流场板鸭的名声就传开了，并由省城成都传播到周边县份和省外。

当时制作和经营清流场板鸭的有李三山、裴礼斋、陈德胜、傅连方、谭日贵、黄德勋等六家板鸭店。

其中，黄德勋的板鸭别具一格，喜爱者众，遂独占鳌头，人们称之为“黄板鸭”。既称其人，又赞其鸭。黄板鸭的产品外形美观，宛如长颈鳖鱼，在阳光照射下金色发亮，璀璨夺目；黄板鸭皮脆肉嫩，咸淡适宜，五香俱备，毫无肥腻之感，为宴宾佐酒之佳品。

黄德勋从业四十八年，板鸭声誉经久不衰，以至于人们一提到清流场板鸭，一般即实指黄板鸭。黄德勋1986年歇业，其第二代嫡系传人阙道勋经营的阙板鸭，荣获了“成都市名小吃”称号。

第三代传人王忠述，清流镇人，十九岁拜师学徒，得师父真传后，在本镇场上开业，号称“王鸭子”。

王忠述善经营，严格传承师父心法，精心配料，产品质量始终不变，市场越来越好。板鸭远销绵阳、广汉、德阳、成都等地，还出了省，将清流场板鸭发扬光大，受到顾客交口赞誉。

清流镇的板鸭现以阙板鸭、石板鸭最负盛名。

清流场板鸭加工制作如下：

选材：以清流镇和毗邻的彭州九尺镇所产瘦麻鸭为主。

配料：以生姜、胡椒、甜酒为主，辅以少量的上等肉桂、丁香，并加适量中药材阿魏以醇其味。再以香油扫面，使板鸭光亮夺目。

加工环节：

一、褪毛。杀鸭刀口小，流血尽，以免板鸭造型脱颈，血瘀肉黑。褪毛水温适度，不可过高过急，以免烂皮腻毛，影响上色。

二、脱水。为解除血腥膻气，将剖腹之鲜鸭入清水中漂洗，后入浓度极淡的火硝溶液中浸泡片刻，使其肉质纤维疏通，消除体内余血，以利入盐。并用特制篦子梳皮整理，理顺纤维，使肉质舒松活套。

三、腌盐。注意天气变化，气温高低。天气闷热、清凉而用盐多少各异。气温闷热偏高则用盐多，腌的时间稍短；气温低则用盐少，腌的时间稍长。用盐特别注意容易受沤的头部、腋部、胯部，以防大批生产气味不匀而烂皮，影响外观。

四、熏烤。以花生壳、锯末、甘蔗渣，生烟熏烤，至皮脆色红为适度，取其烟熏香味。

五、造色。以冰糖、白糖、红糖合并煎汁，熬至油红发亮入卤上色，以调和大批加工用盐重、味尖的弊端，并且造就美观色调。

丰涛根子黄喉火锅

火锅这玩意儿，对重庆与成都人来说，可能是不可或缺的东西。火锅是绝对的垃圾食品，就像洋快餐一样，只是不像洋快餐那样催人像猪样，吃火锅绝对增加胆固醇。但越是垃圾的东西越是逗人爱，特别是年轻人。

以前的火锅也绝对是苍蝇馆子，锅里放着格子，认不到的人都可以坐在一起，在一口锅里各人在各人的格子中烫。

1986年，我从部队里回来，中学时的好同学天天请我吃火锅，舌头都吃黑了，那时的味道至今仍留在口中，时时回味。

在我的记忆中，成都是自狮子楼开始，才把火锅往高端里做，装修一家比一家豪华，像后来的皇城老妈、谭鱼头火锅等，让好多的食客望而止步——吃不起了。

虽然垃圾，虽然苍蝇。我仍喜欢，仍怀念。

至少是在五年前了，我去都江堰，风景管理局的崔巍兄与王庆儒兄与王国平商量，说晚上请我去吃一家很有特色的火锅，地点在离都江堰不远的怀远镇。

怀远镇有三绝，豆腐帘子、叶儿粑和冻糕。

他们在路上跟我说，根子黄喉火锅很牛，在一个小院里，大约只有六桌。任何人去都必须预订位置，哪怕是当地的县太爷。如果没有订位就去了，只有等别人吃完了，但也未必轮得上，因为食材准备是有限的。

崔哥存心请我，自然是预订了的。在去的路上，崔哥不时地接到电话，告诉对方说我们去几个，年轻的有几个，有没有老人，娃儿有几个，要点什么锅。

我说这家馆子真是怪呢，我们有几个老人和娃儿关他啥子事嘛。

到了怀远镇，到处都是叶儿粑的广告牌说自家的历史有多长有多正宗。崔巍把我们带到一条小街上，一棵大梧桐树下小院里，说是院也不太准确，外面一间临街的屋子，放了两口锅，一个小过道后是个小天井，二楼也有房间，除了天井里是清洗食材的地方，各个屋子里都有锅，我算了下，最多六七张桌子。环境可以说是差极了。

老板姓左，喜人称他左老师。左老师善谈，天上的知道一半，地上的全知道。中央的事知道一半，民间的全知道，问题是一听说我是出版社的，居然也能说出几个我熟悉的人来。当时我就想左老师生在怀远，上天实在对他不起，如果生在皇城根，一定是天桥的说书人。

坐下来，真是让我很失望，苍蝇在锅上面乱飞，嗡嗡不绝于耳。我生怕掉几只到了锅里，影响了食欲。但崔哥他们几个不为所动，笑嘻嘻地看着我。

左老师说："没关系，等锅开了，苍蝇就飞走了。"

我们要的是鸡底火锅，主菜是黄喉，其他的菜就跟大众火锅的没有多大区别。要了鸡，鸡的内脏也给你，生的，放在锅里一起煮。

火锅底料是左老师亲自调制的，大家吃了都说好，他很得意。

我问他："你为啥要问我们有没有老人，娃儿有几个呢？"

他说："嘿，你就不晓得了嘛。为啥大家都说我们好吃，就是因为我因人配料，锅锅不同。"

"喔？"估计崔巍他们没有听说过。

"如果有老人与娃儿，我就要把味调得淡一些。一家人来，只要老人娃儿吃好了，一家人都高兴。老年人一般都要吃淡些，娃儿不能吃太重的味。"他说，"你们年轻人就不同，就是要味浓些，淡了吃起来不过瘾。"

我一下子对左老师另眼相看了，这样为顾客着想的人，难怪被人称道。他还说他不扩大铺面就是怕人多了，记不得每桌的情况，弄不好，一世英名就没得求了。

鸡是用的公鸡，这个做法绝对是正确的。我们在家吃凉拌鸡时用的就是公鸡，一是煮的时间不长，很快就熟了，而且也没有母鸡的油腻。你想开店的人，用母鸡煮，客人要等多久才吃得上啊。

鸡在锅里越煮得久，味道就越深越香，汤味就越鲜。黄喉是一绝，无论怎么煮都是脆的。

以前没有吃过豆腐帘子，不知何物，崔巍点了一份让我尝尝，原来就是豆腐皮卷成筒子样的臭豆腐么。

我不敢吃，这东西也是怀远一绝?

放在锅里煮后，开始并不觉得味怎么样，口感像是吃冰箱里冻过的鱼。但多吃几口感觉就来了，奇香无比，很快就上了瘾。

黄喉火锅有两种，还有一种是兔肉做的。两种吃法的区别在于口感，兔肉要嫩些，而鸡肉是香的。

蘸料由蒜蓉、炒黄豆、葱花与芹菜配成，很多人把芹菜误认为是芫荽（香菜），真是没有眼水。

我问左老师在成都有没有分店，他开始说没有。我说有就好了，那样就方便多了。后来他说是有一家，是他的一亲戚开的，桌子多些，他们才不会管有没有老人娃儿，全部是一锅端，说起来他就生气。

我留下了左老师的电话，是小灵通。有一回打过去，不是他接的，对方问我是哪个，我说我是出版社的，想向左老师了解些情况，他说左老师不得空，不接受记者采访，来他这里采访骗吃的记者太多了。叉叉，把我当什么人了。

后来我在肖家河找到了丰涛根子黄喉火锅店，也是一家典型的小馆子，我与十七试着去吃了一回，十七觉得环境的确不敢恭维，不复去二次。我只重味道，因感觉跟怀远的没有什么区别。

我带过很多朋友去，有作家有诗人，也有学者，而且都是大名鼎鼎的，他们混迹在乱轰轰的场境里，忘了他们的身份，把不为人知的一面表现在我面前，率性、真诚，我们快乐无比。

我与我的朋友们见证了丰涛根子黄喉火锅店的壮大。从一间铺面到后院扩充，再并了二楼单位做起了包间。每天客人如织，四五点钟就有人吃。

有人说明婷饭店最牛，在我来说，最牛是丰涛。有一次我们8点过去，就说明天请早，6点后绝不留位。服务员们是做不了订座的主的，一定是老板亲自决定。很多好吃嘴为此跟他套起了近乎，当然，我也是其中之一，每次打电话给他，都很客气，王哥长王哥短的。

老板叫王涛，我每次去，他都安排得很好，我很少两三个人去的，有时一去就是十几人，我是他的铁杆食客，每次都在我们到的时候，锅已熬得喷喷香了。

有很多人问为什么叫根子，为什么叫丰涛？根子我记不得了，时间久了，但丰涛我记得深刻。

据说王涛做过不少的事业，都不大成功，求教风水先生，测了他的名字。风水先生说如果你要出人头地，做火锅的名字就要把王字写成丰。原来把“王”写成“丰”就出人头地了，果然。

果然，黄喉火锅用上了丰涛的名字就生意一天比一天好了。

我与我的朋友们好久都不曾去了，偶尔路过，也不见店里有往日的盛况。

在我们而言，是味道大不如前了，呵呵，我们也是挑剔的人。

好像这也不是王涛们的错，自从政府出台火锅不准用老油后，从那时起，火锅就再也不怎么好吃了。

当然，如果你要吃正宗的根子黄喉火锅，到怀远去。5·12后，左老师的店也扩大了，门前可以停很多的车，订餐时再也不会问你有没有老人和娃儿了。

我去过一次，味道还好。我喝得酩酊大醉。

洞子口陈氏凉粉

洞子口的凉粉闻名很早，据说清末就有了，是一个生于光绪九年（1883），叫赵金山的人始创的。凉粉分白凉粉、黄凉粉。因调料不同，而风味各异。

洞子口凉粉总结起来是麻辣味浓，细嫩绵实，滑爽适口。逐渐就成为洞子口一味名小吃，而今也是成都的小吃名牌。

据上了年纪的人回忆说，原洞子口场镇有三家知名的凉粉：赵凉粉、张凉粉、陈凉粉。三姓凉粉中要数张凉粉最为名气大，现已不在洞子口一带开店做生意了。在成都有好几个地方都打着张凉粉的招牌。他的名气大，据说当年因蒋介石在陪都请客，听说成都洞子口的张凉粉有特点，派了飞机来接货。张凉粉洋盘了一次，名声保留至今。

洞子口镇现不复当年的热闹，连一条像样的街道也没有了。周边不是新起的楼盘就是正在建设的工地。在这工地与楼群的包围中，在一条臭水河边，陈凉粉店还在经营着，生意出奇地好。

我在五块石的文轩路上了几年班，至今那里还说不上繁华，属城乡接合部吧，算是成都的偏远地带。单位没有食堂，中午是在外卖公司订的盒饭，多吃几回就难以下咽，只好在周围乱开发，短短的时间，把那里所有的餐馆都吃了遍。记忆深刻的这陈凉粉算是一家。

有人说是在泰山路上，但我照片里招牌上的地址却是德福路。这里拆迁得不成样子了。

当时我们去时远没有现在这么红火的生意，破烂的房屋，陈旧的餐桌与用具，至今仍在使用。是老板估计餐馆离寿终正寝时日不远了，也懒得更新吧。

看到一篇报道说在20世纪70年代，这家店就在这里了，掐指一算，奶奶个熊，爱政绩的官员没有把它拿去申遗，也太缺眼水了吧。

说这家店令人记忆深刻，是因为它有以下特点，其他店无法可比。一是没有菜谱。所有的菜都放在一张桌子的橱窗里，什么料都已配备完毕，你跟老板只需用手一指，老板就会端着盘子向厨房方向报喊菜名。或是叫人把菜盘送到厨房里去加工。厨房离店堂有十几米远，老板的肺活量很好，声音洪亮得很，就像是个内功高手。

二是这里盘子大得来惊人，邱老师说看起来好野蛮，就像他们韶山冲摆九大碗，看起来份量很足，给人的印象实在得很。我估计可能因为街坊邻居是主要的客源，不敢造次，所以价格合理得来让我们觉得有点便宜。

三是菜品丰富，有几十个之多，我只能背几个主要的给你听：红凉粉、白凉粉、热凉粉（对，热的也叫凉粉）、拌鸡块、卤肉拼盘、红烧鳝鱼、黄焖兔、热窝鸡、肝腰合炒、瓦块鱼、粉蒸肉，我只能用等等来代表省略号了，只要你能想到的菜名，安上去，准没有错，他们都有。所以我们经常一去就是一个大圆桌的人，总是把桌子堆成一座山。因为来此的人多，他们往往要用三轮车来传菜，被赞为陈凉粉店之一景。

不信你可以去问问何小竹他们，有一次楚尘和韩东到成都来，与石光华这个美食家一说起，还请上洁尘、颜歌、吉木狼格这帮作家啊诗人啊出版家来此一聚，他们就大赞菜品的丰富。当然是什么味型，做得到不到位，点评权就交给了石光华同志。

四是从没看到过一家馆子是这样管理的，上菜时，服务员从来不知道菜该上哪一桌，都是喊："红烧鳝鱼是哪桌的？凉拌鸡是哪桌的？"只要你好意思，哪怕你后来，也可以先动筷子，只要说一声："是我们的。"那菜肯定会放在你的桌子上。

五是自己动手的时候多，要碗米饭要自己在锅里打。而且这里不单点汤，他们备了一大桶在街边，一般是带丝汤、萝卜汤之类的，自己动手，多少都行，不要钱的。估计汤的成本很低，是在煮过回锅肉的汤里放些萝卜或是海带煮成。

六是结账用心算，一次也没有看到他们使用计算器或是算盘，那么多盘子，居然都知道里面是什么菜品。这样的记性，与不知上菜给哪桌形成强烈对比，也不知道他们会不会算错，反正不贵，大家都不计较。

有一次我们去得早，人不算多，跟老板聊起，他说他家有两个儿子，一个在红杏酒楼，一个在大蓉和酒楼，都是大厨。我耳朵背，也不知道是不是听清楚了，总之我是将信将疑，但有时又不得不信。

信，这是跟他们上菜的速度有关。上菜速度惊人地快，你不知道是怎么搞出来的。有次到他们厨房去看了一下，两个师傅很忙活，火之大，我用相机拍他们，镜头刚对准，按动快门时，菜就起锅了，动作之麻利，至今我都没有拍出一张像样的片子来。

据说他们的肝腰合炒，二十秒钟就起锅了，吃起来鲜嫩无比。当然其他菜也是很快的，新鲜的烧鳝鱼，绝对不超过五分钟就起锅，让你怀疑是生的。但吃起来脆而不生，味道叫人不得不服。

有人说老板有五十多年的快炒经验了，在我看来，五百年的经验也没用，其实就是把温度瞬间上升到一定高度的时机把握好就是了。在家里做一定谁都做不到这点，总觉得菜没有馆子里好吃，全是温吞火在作怪。只有借用现代的方法才行。这可能跟他的两个儿子在大酒楼上班有关。

实验证明了，瞬间温度上升到几百上千度时，炒蔬菜，蔬菜瞬间断生即熟，吃起来口感也特别好，炒其他菜相信也是同理。不会掌握火候的厨师，菜难吃不说，上一道菜一定会让客人等很久。

有了这些特色，自然声名远播，后来就上了电视，于是就更热闹了，管理就更是搞不赢了。现在他们就预先把菜做好，热菜一桌子，凉菜一桌子，食客们找到位子后自己去端菜就是了，想吃什么自己动手。只需要买单时，大声叫一下就够了。不要以为这里像自由市场一样乱，逃单吃霸王餐，还是跑不脱的。

说得那么热闹，你可能会说，这跟一个乡坝头的九斗碗饭店有什么区别，跟凉粉挂得上什么关系啊？

说对了，我去了那么多次，就像食堂一样熟了，但我并不认为丰富的菜品真正有多少特色，我最爱的还是要数他们的各种凉粉，有一次我问服务员，认为她们的凉粉最提劲的特点是什么？她们回答不出来，并以不屑的目光对我，是不是我多此一问了？嘿嘿，开篇都讲了嘛，在此不表了。

还有一道成都独一无二的菜，就是腌牛肉。每到秋冬季节，你会看到餐馆周围的树枝上挂满了腌制的牛肉条在风干。成熟时外酱里红，吃起QQ的，跟藏区的风干牦牛肉有得一比。

我问陈老板，这牛肉叫什么名字。他说：“陈氏牛肉。”

他奶奶的，我偏偏在这时忘记了他姓陈，听成了“城市牛肉”，心里怀着对他的不屑，乡村就乡村，为啥要跟城市挂上钩呢，难道就因为周边起了一圈高楼了？当我再看到招牌叫“陈氏凉粉”时，才明白这是独一无二的陈氏的意思。我很不好意思自己的耳朵与思维。

陈氏牛肉味道独特，下酒巴适，我每次都要带一点回家吃。

在五块石上班太远了，吃饭时往往不敢喝几口。说实话，那种集市样的地方也不适合喝酒，买点陈氏牛肉回家，自斟二两跟斗酒，还是对得起自己的肚皮的。

浣花北路乡村菜

深秋时节，寄桃小姐新买了一辆甲壳虫，那种浅蓝色看起来很舒服，养眼得很，如果我是女娃子，也会想死想活地要一辆。太有小资情调的桃子姐拥有了它，却还没有拥有驾驶证。只得让一个帅哥给她当司机，牌照都没有上，闯红灯都可以。

帅哥是艺术家，对我很尊重，组织我们去吃乡村菜以庆贺。十七问我找得到不，那地方可有些偏喔。帅哥说宾馆后面有坝子停车，我说好的。

以前我没有去过，却知道这个地方，是善吃的杨妈告诉我的，她给了我一张乡村菜的名片。开车进了后院，喔哟，太有诗意了，银杏叶铺了一地，新崭崭的甲壳虫停在那里。金黄色的银杏叶子很公正，让甲壳虫的顶子也享受跟大地一样的待遇，我以为撞进了一个拍片场。

这里是浣花北路8号，国土局宾馆的里面，如果没有专人的引见，你不可能想到里面还有家能招蜂引蝶的苍蝇馆子。

当然国土宾馆不是省上的，也不是市上的，是区上的，所以也就没有什么星级，估计要有多好的入住率也是痴心妄想，里面租给别人开苍蝇馆子也算正常。

苍蝇馆子开成功了，远近闻了名，就像丫鬟扶正了，就有了夫人的脾气。连跟着她的侍女们也有了个性，仿佛自己离夫人的地位也不远了样，也有些幺不到台。

进餐限了时间，上午不到11点半，不能进餐厅，到了1点半就不卖了，下午5点半前不能进场，馒头一人一个不能多要，且不能打包带走。

桃子姐心情好，很大方，我们人不多，点的菜却不少，特色菜都点得差不多了。

主要的菜品都以红烧为主，有香辣味的，有泡椒或酸菜味的，各种菜的做法大同小异，只是内容的变化没有操作与用料的区别。香辣脊髓、香辣脑花你可以把它们当一个菜看待，香辣牛筋和兔肚的味道也是一样的，只是牛筋、兔肚、脑花、脊髓的口感各不相同而已。

红烧鳝鱼是一特色，里面的青笋片很扎实，可以叫青笋板，我不能说他们的刀钝或是手艺孬，这就是所谓的乡村特色。

仔姜牛蛙去的人都爱点，黄瓜做配菜，上面撒些葱花，很有些清爽。牛蛙的肉健美得可以参加世界锦标赛，连服务员都不好意思，过来打圆场，说：“现在的牛蛙是在冬眠期，只长肉，没有活动过的肉是不好吃。”好在味道还可以，食客不计较牛蛙的不配合。

这里的菜个个都很辣，味很重。非常适合出远门回来的四川人胃口，有很多的网友说，每次一回成都都往这里跑。

老板大方舍得，厨师手散，下油放盐给味精鸡精，从不手软。所以建议大家点一份“川西粑粑菜”，所谓粑粑菜就是用各种时蔬清水一锅煮成，清汤寡水，无盐无味。吃后解油除腻，清胃刮肠，百益而无一害。

值得一说的是盛菜的器皿，用的不是我们常见的盘子或碟子，主要的菜都是用搪瓷盘，这盘显然不是做餐盘用的。是以前家用的，当然宾馆里也用的托盘，用来放温水瓶和茶杯的搪瓷托盘。我猜测可能是国土宾馆以前的库存，或是要淘汰又舍不得丢而废物利用的。这倒好，给人很大份的感觉。

我要了一份乡村菜的菜单，凉菜热菜加起来，也就二三十个品种，说不上丰富，但一个苍蝇馆子做到服务员都有性格的份儿上，也就是了不得的特色了。

华灯初上，没有牌照的甲壳虫一溜烟在我们的视线里消失。银杏树叶在车后轻逸飞扬，我与十七立在院子里，想象得出，那画面可以做明信片。

古镇遗风烧肥肠

大石西路康河郦景的江油古镇遗风烧肥肠，自我的书房落户在此时，就在这里了。

近十年了，因为方便，去吃过不少次。到过我书房的文友们，大多都与我一同分享过。

江油肥肠是四川有名的吃食，没有去过江油，不知江油当地的肥肠如何。每次听江油出来的诗人王国平把江油肥肠说得油爆爆的，就恨不得立马跟他一起赶赴江油去。

古镇遗风烧肥肠，这名字让我想到《水浒传》中的路边小店中，书有“肥肠”二字的一叶旗子在风中飘扬，小二手提茶壶肩搭手巾招呼客人，来来往往的客人抱拳互道万福，给人很有故事的感觉。

店的正面墙上，显眼的地方，书写古镇肥肠的传说，说在明朝建文元年（1399），当过四年皇帝的明惠帝曾藏于江油，因爱在古镇吃肥肠而得名。故事编得惨不忍睹，用词不当让人喷饭。

跟田老板说，江油肥肠的传说，我还看到过，说是跟三国时的马邈、邓艾有关，你们的咋又发生在明代呢？皇帝如果要藏起来，又怎么能为了下山吃肥肠而让大家都晓得呢？说肥肠的特点是“鲜而不腥，嫩而不绵，香而不腻”，我叉，全是矛盾的说法，用词不当嘛。既然是鲜，当然不腥了，如果都嫩了，自然也就不绵了，只有肥而不腻、闻香止步的说法啊。

田老板腼腆地笑着说，都是开店时叫人编的。

肥肠这玩意儿，跟火锅差不多，都是从前底层下力人吃的东西，有钱人丢弃，穷苦人捡起，用各种方法去腥去臭，调制出的食物，一碗肥肠一碗干饭，扎实经饿，又油多解馋，早上吃了，一天都有劲，没有什么故事好卖的。

好吃的东西都是用心，靠经验积累做出来的，国平当过厨师，他深谙其理。他是美食家，说在江油，有人一口气可以吃十碗烧肥肠下饭。

一次我跟他来吃，一连要了五六次，一碗一会儿就没有了，让老板都多看了我俩几眼，我估计说吃十碗的，是在说他自己的经历。

墙上还挂了不少古镇的老照片，是他们的家乡古镇。我问照片上的古镇叫什么名字，老板之一的梁姐说，叫“卿林口镇，卿卿我我的卿”。查了网上，又叫青林口镇。

青林口镇始建于元末明初（难怪故事要编在明代建国年间），位于剑阁、梓潼、江油三地的交界处，坐落在王爷山与人字山间，青山叠翠，古木参天。古镇掩于林间，给人“青山不见场，但闻人语声”的场景，梁姐说最有名的建筑是红军桥。

对红军桥我一点兴趣都没有，很多地方都有这名字的建筑。听说青林口镇的豆腐宴很有特色，兴趣就起来了，据说豆腐的特点是：白嫩、细腻、清香，有韧性；炒、炸、熘、烧、炖、氽、拌，可以做出上百种菜品来。做得最好的有李氏豆腐庄和刘记豆腐庄，好想去试试喔。

古镇遗风烧肥肠店不大，所经营的都是烧菜与蒸菜及拌菜，没有炒菜。做法单一，但菜品却不少。除了主打的烧肥肠、卤肥肠、蒸肥肠、拌肥肠系列，还有烧牛杂、蒸排骨、蒸牛肉等三十多种菜品，什么干拌牛杂、肥肠豆汤，啧啧。范勤授一听说还有豆干拌花生，就说要喝几杯。

场地有限，丰俭由人。这几年古镇肥肠的生意越来越好，他们不忌讳别人说他们店小，把食客们评的苍蝇馆子排名做在招牌上，透露出对本店味道的自信。

坐下来，一碗醋汤就摆在面前，开胃，先刮刮你的肠子，无论是蒸的卤的还是拌的肥肠上来，有时显出穷痨饿虾的样子是在所难免的。

青菜圆子汤很不错，几片青笋叶配以豆芽做底，建议大家不要错过了。另外还有蒸酱肉和江油的老腊肉也是特色菜，来自他们家乡的味道。看起来肥肥的、亮晶晶的，却肥而不腻，香脆可口。无论一人也好或是三朋四友也好，最好小酌几口，走进了这个江湖，真的就不要怕醉了。

再吃佛荫冯氏鸡汤

以前去一趟泸州、合江不容易，专门去吃冯氏鸡汤更是下不了决心的。巴不得成自泸赤高速早点通车，两三小时就拢，方便。

现在这条路终于通了，我的心里反倒是咯噔了一下：恐怕佛荫鸡汤以后是吃不成了呢。

佛荫镇以前是通往赤水的必经之路，到了佛荫离贵州赤水就不远了——只有四十多公里。过往的车辆到了这里，往往都要堵上一阵子。我第一次随叶茂、丹哥到这里，就遇到这情况，有交警指挥，我们的车停在离冯氏鸡汤老远的地方步行而去，一个小小的佛荫镇很有些热闹。

周平兄虽是泸州人，却没有到过佛荫，也没有吃过佛荫的鸡汤。他和他的同学红兵兄带我和立杨去参加一年一度的国窖

1573的封藏大典，所在地黄舣距合江佛荫就咫尺之遥了。

张红兵泸州人，现居成都，是个真正的美食家，走的地方多，各地的美食他都如数家珍，提到白马和佛荫两镇的鸡汤，那更是了如指掌，赞不绝口。

二月二龙抬头的前一晚，泸州老窖酒集团搞“春江酒月夜”的篝火晚会，一千六百多人一起吃坝坝宴，一边看节目表演一边举杯讲交情，好多人都说是平生见过的最大场面的坝坝宴。

我们五六个人，在那氛围之中，喝了五瓶国窖1573，一千六百多人都走得差不多了，我们仍在谈笑风生。

二月二龙抬头这天，我们的胃拒绝一切与“1573”不匹配的食物，立杨也觉得要用佛荫鸡汤养养胃后，才敢应对即将到来的晚宴。

细雨霏霏，群山起雾岚，路边的景致国画一般呈现。

不知是不是细雨的原因，镇上果然有些冷清，正是中午的饭点上，镇上的周师傅鸡汤、税萍鸡汤、先氏鸡汤、任记老字号鸡汤面的店堂里都没有人。我写过的那家十年老店，佛荫知名小吃鸡汤面，居然门是锁起的，不知是关张了，还是主人今天走人户去了。

冯氏鸡汤是这镇上最有名的店，人也寥寥无几。服务员说都走了几波了，我含笑而信。

叶茂结婚那年我到过合江，为他庆贺的成都同人来了不少，我带着他们来吃冯氏鸡汤。当时我说如果再来，成本会很高，不如这次加大成本还划算些。尽管可能吃不完，还是把店里所有的菜都点了。有了比较，自然知道哪几道菜更为我所衷情。

我没有征求周平和立杨的意见，也没有让服务员推荐，直接跟服务员说：“鸡汤肯定是要的，大份。”

“鸡血有酸汤和麻辣的，有鸡汤了，下饭还是麻辣烧鸡血好。小煎鸡是招牌菜，一定要要。时令小菜是要炒豆芽呢还是血皮菜呢，都好。炝炒豆芽吧，上次丹哥点了两份，我们四个人，足够了。”

“鸡杂也好吃，我们喜欢吃。”隔桌的本地客人对我说。

“回锅肉嘛，莲花白炒回锅是我们的特色。”服务员说。

“肯定不会好吃，不过还是来一份吧。”他们推荐的两个菜都吃过，记忆犹新。

回锅肉真的一般化，都没有怎么动它，真是浪费。一顿饭我们很少说话，默默地吃着，不时地小声赞叹几句鸡汤鲜美和血的新鲜与好味。

冯氏鸡汤的玻璃墙上有“天才鸡汤，包您满意”的广告词，红红火火的大字，我一直不知道“天才”为何意，以为冯氏是做鸡汤的天才。那次吃饭后，居然见到了冯老板，原来他的名字叫冯天才，天才是他的名。

我想了解对面周师傅鸡汤的味道怎么样，服务员说他们以鳝鱼见长，鸡汤系列也有的。我看招牌他们可以“承接高中低档宴席”，那自然其他菜品也丰富，鸡汤反倒成配角。

冯氏鸡汤的菜品不多，菜单上只有十二个菜，个个家常，越家常越合人胃口，有南来北往的路客相传，名声就播得远了。

我问店家，成自泸赤高速通了后，这条去赤水的老路车就少了，生意有没有影响。

她说：“现在还没有感觉出来。”

她说现在交通方便，合江要吃的开车就过来了，加上现在的人好吃，哪里的东西好，就往哪里跑。我们的名气大，专门都有人来吃。

“可不是，我们就是专门来的。”

宁南百姓土菜馆

上次去宁南已有五年多了，路上我问立杨张林茂的情况。立杨说现在林茂了得，开了一家餐馆，生意好得很。

我就一直想象着他开的是一家什么样的饭馆。

林茂兄是爱书人，会写书法会画画，喜交朋友，爱说顺口溜和笑话，每说完一句，自己先哈哈大笑一盘。

无论做什么事，都会有一帮兄弟朋友帮忙，餐馆生意好应该是必然。

他跟我一样，当过兵，还上过越南战场，去年还被评为全国的“书香之家”。

宁南是立杨的故乡，归故里他说要请亲朋故友聚一下，他跟林茂说就在他那里订两桌。

餐馆开在张林茂家的祖屋里，是一个院子，很幽静，院子里的三角梅开得热烈，扶桑树茂盛的翠叶间躲着几朵粉色的花朵，亭立的枇杷树下，开始了立杨的同学会。

林茂精心地做了份菜单：青椒过水鱼、排骨鸡、小炒黄牛肉、干拌牛头牛肚、秘制羊蹄、卷粉白肉、仔姜肉丝、青豆烧日本豆腐、土豆泥、炒攀枝花、鸡汁菜心、外婆菜汤。

每上一道菜，他都要点评一下，来吃的同学也会说哪个是各自的最爱。

酒是当地的石梨酒，我以为是一种梨酿的酒。石梨是宁南的一个乡，这里的酒和幸福乡茶一样，是宁南的品牌。因为石梨乡的美酒，让我们有了一次艰险的石梨之行，成就了我一顿终身难忘的苍蝇馆子的体验，那是后话。

我看过菜谱，有六大页，上百种菜品，当我看到一些菜

名时，心里满是期望，默想着能多住几天就好了。

秘制羊蹄和青椒过水鱼是他们的招牌菜，卷粉白肉、干拌牛头牛肚、排骨鸡更是有特色的菜品，土豆泥、外婆菜汤是原滋原味的当地生态菜。炒攀枝花虽有特色，总觉得名字怪怪的，太生硬了，我觉得还是叫木棉花好。我是在宁南第一次吃到，到攀枝花去也没有吃过。

我的最爱是排骨鸡，鸡和排骨都很大块，蘸着煳辣子海椒，真是难以言说的香辣美味，有点像吃彝家的坨坨肉（这里本来就是彝乡嘛），大家都说坨坨肉的做法是什么料都不放，清煮就好，林茂说他们煮鸡时还是放了四五种料。看着桌子上的菜，我忙着吞口水，没记住香料的名字，遗憾。

石梨酒醇厚，如立杨同学般的情谊，有人不知归路，我们却到黑水河边捡石头去了。

不要以为我喝多了，忘了说餐馆的名字，记着呢，叫百姓土菜馆。

多么朴素而亲切的称呼啊，可是地图上你找不到它，导航也没有用。周围有很多建筑包围着它。

林茂给了一个红色的打火机，一面印着“百姓土菜馆”，一面印着环城路加油站上行50米，下面是电话。

外人找不到没有关系，林茂的朋友就可以把院子坐满。

双流胜利镇刘鳝仁饭庄2

癸巳二月初六日，陪立杨、建满至双流访友。

友乃明诚堂主陈炳刚，属龙，小立杨、建满与我一轮。

明诚堂，堂匾乃书家魏学峰所题，更进，玄关为名师乐林（敬居）所书“且吃茶”，再进，巨幅中堂《一团和气》面门，乃蜀中名画家吴浩所临。更有书家画家名帖名画挂于墙上，有故事。

炳刚有大儒风度，交友遍访皆名士，说佛论道独有见解，善哲学思考。

写至此，范勤授执尺猛抽老吴一下，生痛。

勤授恶狠狠地说：“你小子不会人话了嗦，老子在大学诲人无数，也不曾这么阴阳日怪的，矫情。”

我叉，那我就说白点。人家陈炳刚是个牛人，学哲学的，对人生对事物很有些独到的见解。

比如他说，什么是心，心在哪里？

范老师你晓得不？你不是教育儿子说，上课要用心，心是什么呢，肯定不是说的用心脏。

心脏在什么地方肯定人人都晓得，咚咚跳的那个地方嘛。

但用心，不是这样子。还是炳刚先生有见地，他说，心在你专注的地方。比如你的手痒了，那痒的地方就是你心在的地方，你感受得到，忘了其他地方。你头痛了，那你心就在头上。

肚子饿了想吃东西，那你的心就在馆里了。炳刚先生居然与我一样，喜欢苍蝇馆子。我说双流的苍蝇馆子多，我吃过李记无名肥肠、老妈兔头。老妈兔头我最多的时候一次啃过十二个，一般情况下，我是啃完了三个，别人才整完一个，而且我啃得特别干净，总结出来了与双流人啃兔头一样的三步曲。

他是地道的好吃嘴、美食家，还成立了个美食研究协会。周边苍蝇馆子的特色说得头头是道，我偷偷地吞了不少口水。

苍蝇馆子一家家地数着，数着数着就说到了鳝鱼，我觉得华阳的土田坎鳝鱼不错。他说他们胜利镇的刘鳝仁做的鳝鱼有特点，所有鳝鱼都是野生的，从不在市场进货，都是定点去收购附近乡亲在田里捉的。所以收购时要靠运气，时多时少。在量上有时就不能保证，那时老板还央求客人少点些，免得后来的吃不到。

我们中午吃啥子呢，他征求我的意见，我也不管立杨与建满是不是喜欢。就说："吃鳝鱼吧，他们从海南来，这几天其他的东西都吃得不少了，鳝鱼他们还没有吃到。"其实是我想尝尝刘鳝仁的味道，我的心在那里了。

刘鳝仁饭庄在双流胜利镇的宜城路82号，门面虽在大街上，临街屋子里却没有几个人。跟着他们进去，原来有两个后院，客人都愿在院里坐。露天空气清爽，凉风吹来，树上黄叶飘落，是一景致。

饭庄的菜品不多，我们点了藿香鳝鱼、红烧泥鳅、坛坛肉和冲菜，看到还有牛蛙，好客的炳刚先生说来一个，他们却不卖，说我们吃不完，下次再来。无论怎么说都不管用，只好委屈了建满，我却心里偷着乐，只有我的机会比较容易把握了。

炳刚说，他带袁庭栋老师来过，袁老师还替藿香鳝鱼把过脉。我们今天吃的是不是把脉过的做法呢，真是有些幸运。

饭庄的鳝鱼泥鳅都是点好后现剐，上菜慢些，但确保新鲜，据说刘老板为啥取名刘鳝仁，就是他以至仁至善之心来治鳝，说的是用心在鳝，其实在如我等好吃嘴身上，当然要远近闻名了。

藿香鳝鱼鲜嫩口脆，清香四溢。烧泥鳅麻辣香烂，比起城里的什么炬泥鳅来，不知要香多少倍。

最让我难忘的是坛坛肉，上桌时以为是回锅肉。只用了很少的青椒炒，看起来很油腻。

坛坛肉又名油肉，在雅安、石棉、汉源一带制作与食用的历史悠久。

一般是在冬至前后，乡里杀猪过年，但一下又吃不了那么多，就将猪肉切成碗大的方块，放锅里熬，就像炼猪油一样。待肉熟透，略显焦黄，放少许盐与生姜，连油带肉一起装入坛中，放在阴凉处。猪油凝固后就可以存放许久，也能起到保鲜的作用。

在没有冰箱的年代里，是这些地区常用储存猪肉的方式，坛坛肉几乎家家必备。

这是道典型的农家菜，吃的时候从油坛里取出一块，放在热锅里让猪油融化，然后切成薄片，随自己的喜好，用青椒炒也好，用蒜苗炒也好，什么都行。

坛坛肉放在面前，看似晶莹，实则不腻。早忘了血脂高不高的事，只把心放在上面就行了。

唉，不能再往下写了，老吴的鳝心又起了。

百花南街莫家牛肉馆

范勤授老师，在大学里诲人，一生痛恨应试教育，却一定要逼儿子考的成绩比谁都好。

当儿子月考从全校第一名降到第五名时，几天几夜都睡不好觉，恨不得把儿子打成浮肿。

儿子忍受不了，带着压岁钱就愤而离家出走了，在一家肯德基店待了三天，坚决不回家，把勤授夫妇担心得半死，也没有找到。但他那儿子仍惦记着周一的考试，自己跑了回来。

勤授在QQ里对我发牢骚，我却大赞他儿子的高风亮节，我说：“勤授啊，你儿子真懂事，他学会关心人了。”

勤授不解。

我说：“你想，他成绩下来，其他同学的父母也就该高兴一回了。如果次次都是你儿子当状元，不知有多少父母要得肝炎啊。你要奖赏你儿子才行啊，你小子就发点善心吧。”

对子女的教育，我与他大不同，我希望我的女儿有童年，健康就好，开心就好，成绩不好并不代表她将来没有成绩。

对我的教育观他是痛我不争，认为我是极不负责任的父亲，说孩子的未来会毁在我手上，不得行的，“这可是在中国啊！”他一定要当面对我晓之以理。

我说：“可以，但必须你办招待。”

在我的逼迫下，他无可奈何地答应了，问：“吃啥子？”

我说：“少管。来了再说。”他无奈，只好提了一瓶赖茅来解愁。

当即，我们就约了陈维来，准备找地方干一场。

我与勤授可以说是一对冤家，处处打顶张。不仅对下一代的教育观不一样，而且吃饭消费的观念也大相径庭。

老吴热爱生活，苦人生之短，享乐以满足口腹之欲为先，挣的钱钱除了买书就是好吃好喝，并无其他爱好，虽没有讲究到“食不厌精”的地步，却还是要讲味蕾的满足感，色鲜味要有一定的水准才行。而勤授却不然，他让我怀疑他上辈子是不是鸟人，哪怕吃石头子都可以，经饿。

每次一提到聚一下，都要先声明他的观点：环保、清淡、节约。

往往这时，我都会对他说，好啊，我们到河边去吃草吧。

他才不会理睬我，他请我去吃过几次，我是不好发他的脾气，但我是恨不得把炒菜的厨师叫出来暴打一顿。

为此，只要跟他一起说聚会喝酒，我总是要尽力争取到买单权。这样他才不会叫环保、清淡与节约。他吃得比哪个都多，说是不要浪费了，每次都是尽兴而归。

说好了他请客，那还是找家便宜点的才行，免得到时说我们敲诈他，在他儿子给他的郁闷上雪上加霜。

吃什么便宜呢，老吴想起了袁庭栋老师来，他说过，请客吃饭最便宜的是吃牛肉，叫了满满一桌子才几十元钱。他说，一次请从美国来的写了本《川菜：全国山河一片红》（嘿嘿，书是我出的，书名是我取的）的愚人先生吃饭，袁老师夫妇在家附近的一家牛肉馆子办的招待，吃得愚人先生心满意足，让愚人先生猜多少钱，愚人先生多猜不中，当知道才花了几十元时，愚人先生大叹成都的物价提高了成都人民的幸福指数。

袁老师是点菜高手，是有神功的，跟他一起吃饭不管是去没去过的餐馆，他都可以点一桌丰富好吃而又实惠的菜来。我问袁老何以做到这点？他说吃牛肉无非是吃家常味，就那几样，拌牛肉、烧牛肉、蒸牛肉、炖牛肉，烧煮炖炒，样样吃全了，又多又便宜。

老吴决定依袁老的样画葫芦，让范勤授请我们吃牛肉。

我说：“我带你们去吃莫家牛肉，离我家又近，可以不动车了。”

莫家牛肉馆在百花南街、百花东街与百吉街的十字路口。

在十字街头开店，可能是很多商家梦寐以求的。肯德基啊星巴克啊之类的，一定首先瞄到，花重金占有，然后就财源滚滚进来了。

然而莫家牛肉馆虽然占领了有利的地形，却只能以苍蝇馆子的面貌出现。谁叫这个凼凼是自发的菜市场呢，给人以菜品不新鲜不便宜都不行的感觉。

莫家牛肉馆在这样的环境里，自然是以简陋为特色。我特别喜欢人少时一个人静静地叫个拌菜、蒸菜、烧菜，喝上一瓶啤酒，看嘈杂的菜市上居民太婆的斤斤计较。

服务员看我们只有三个人，就建议我们来点配菜，小套餐七十五元，中套餐一百元，大套餐一百四十五元。烧蒸炖煮，荤素搭配，勤授以大学老师的身份表扬了店家的人性化，不让客人费心费力，就能吃到好菜。

勤授点了中套，我笑笑地看着他，他慢条斯理地把酒倒了一点点在杯子里，我叉，他以为是在喝红酒嗦。

我来过莫家牛肉馆好多次，看到这里的中套，我想还是把买单权抢回来算了。凡是标配的东东，一定会让人感到美中不足的。

这里真正的好菜是什么？我知道。于是乎，我主动又增加了家常味的红烧脊髓，和我认为最地道的一道菜：水煮牛肉。

我才不管勤授的眼睛鼓得有多大，三兄弟在此，虽没有结义之盟，却事事上上下下，掏心掏肺，亏了胃的人生就是不地道的人生。

陈维是现实版的乔布斯，但他至今没有使用苹果手机。他一坐下来，就有人发现乔布斯转世了，直可惜让人找不到笔请他签名。

陈维对美食的挑剔比我高出不知多少，他最让我佩服的神功是，一道菜上来，闻一下就知道肉新不新鲜，说要换一盘，没有几个老板敢妖艳儿。

他的涵养比我好，不好吃的东西可以不动筷子，却从不让主人难堪。他喝酒只是意思一下，大多时候是看着我与勤授打顶张，不时地哈哈大笑几声。

据说莫家牛肉是个加盟店，没有吃过其他地方的莫家牛肉，不知其他店味道的好歹。成都的好些牛肉馆只要不是清真的，大多要卖些诸如猪肉之类的菜品以满足不同客人的口味。而这家则全是牛肉做的。

正好遇到邻桌在点烂肉芹菜，我就问是猪肉的还是牛肉的。没想到服务员赏了我一句："牛肉馆当然是牛肉做的。我们这里从来不卖其他肉。"

"老板是不是姓莫？"我问。

"不是的，姓周。老板娘姓张，就是那个年轻的拌菜那个。"可能是因为赏了我不好意思，服务员大姐还主动说了起来。

她说："其实完全可以叫周牛肉。这里的花椒牛肉好吃，要不要来一个尝一下，只有我们这里有。"

明白了，周老板真的是热爱做牛肉的人，连服务员都在为招牌叫莫牛肉而不平。

奋进小院坝土碗菜

沈培老是个老顽童，爱开玩笑，爱搞突然袭击。这不，招呼也不打一个，就到成都来了。他老友张京是我们的上上司，因为要开会，不能立马接待他，只好打电话与我，让我直接接到我办公室谈他的稿子，上上司说，他会一完就过来，中午陪沈老吃个饭。

沈培是个漫画家，当年的《小虎子》系列深受读者喜欢，至今仍有许多粉丝。这次是要交一部他的回忆录给我们出版，我一看写法就喜欢上了，跟他讨论了一上午，确定了书名《孤山一片云：沈培琐忆》。

中午，上上司来，沈老说一定要简单点，不能高档的，而且不能单位付钱，要自己掏腰包，否则他就不去。

他说："你找那种出租车司机吃饭的地方，保证又好吃又便宜。”

我大乐，说我早就知道你这爱好，已想好了带你去一个很市井的地方，怕他不相信，就把手机里的照片给他看，他才说好。

上上司来后，对沈老说，今天就让吴鸿安排，保证让你满意。

路上他们说，叶至善也是，到一个地方，最不喜吃官饭，叶至善曾对张京说，他到成都就希望张京同志带他去坐三轮车，给他一个洋瓷碗一双筷子，他要满街去找小吃吃。

上上司说，他印象最深的是他到香港去找沈老时，沈老带他去吃庙街的濑尿虾，“油麻地、濑尿虾”。上上司是口头禅了，感叹说越市井的地方越地道。

我笑着听他们神聊，很快到了武侯祠横街20号。

这家土碗菜小餐馆，我发现有一段时间了。“走进小院坝，感受土碗菜”。小院坝土碗菜的牌子很招人眼，每次路过都想进去体会一下。

然而，我却始终找不到机会。自岳父搬进西南民院（今西南民族大学）住后，每周都要回去，虽小院坝近在楼下，也只能割舍。我还是更喜欢享受岳母做的家常鱼和回锅肉。

五一那天，我终于去了一回，是董曦阳小朋友从北京来，他说他想认识王家葵老师。

这个80后小生，做出版用心，去年评上了全国的“十佳人文”图书编辑。他在北京做出版，如鱼得水，有很多的大文化人都跟他有交往，是他的朋友。他给我寄过不少的好书来，前几天才得到那套蒋中正题写书名的《中国古代战争史》，十多卷，没要我掏钱买，真是满心欢喜。

五一这天，我约了家葵师与宏亮兄。本想找个露天店的，然而这天，真可以说是淫雨霏霏，连日不开。才想到这家小院坝土碗菜，既可以不淋雨，也还有特色的店来。

平时路过这家店时，看来的客人还是比较多的，就想找电话订个座，百度一下，“土碗菜”这几个字出来了一大堆，却没有一个是这家。

还好我晓得地方，发了短信给他们。生怕人多累友人，5点钟我就从家里出发，想去占个好位置。

店里一位客人都还没有，工友们热情得都有些过余了。

小方桌配条凳，旧时代的感觉一下子就出来了。这是我童年在供销社饭店才见过的场景。

凉菜师傅姓李，八字胡，白衣白帽。我以为他是老板，他说不是。老板姓赵，是个大胖子。他们是彭州来的，李师傅说就是地震很凶的那个地方的。他说掌大厨的是他的侄儿。

他说来这里主要是体验农家菜，原汁原味无污染，环保得很。彭州能给成都这些？我倒是想做做中国梦。

他侄儿姓代，他说是代表的代，也不知道我听清楚没有，最近耳鸣，给人感觉很认真听的样子，一副谦逊样，其实很多声音都没有听得明白。

来了一个外国客人，估计是西南民院的教授。一个人点了几个菜，用筷子吃。

李师傅闲不住，用四川话问他："你喜欢吃川菜，习惯吃？吃得惯辣的？"

洋教授说："好吃！"

李师傅听到很开心，说你到成都多少年了。洋教授说有十二年了。难怪。

本来我也想参与进去聊几句的，但洋教授吃得快，很快就结账要走了。而这时正好董曦阳也到了。

我们没有体会大厅里那朴素的农家方桌，还是要了个包间，这里只有两个包间。我耳背，为的是说话方便，怕等会儿人多了，说起来话来我听不见，在师友面前装谦逊的话就不划算了。

我们的菜以主人推荐与自我选择相结合，我把菜单列一下，可以说特色的都有了，下次去可以参考。我记性不好，是照着结账单打印的。

表哥老腊肉，也就是他们极力推荐的，我看照片上的图还可以，但我又不相信照片，走到橱柜面前看了一下，老板说，百分之百的乡村土腊肉，我说那就来一份吧。看起来真的不错，瘦肉很多，咸得吓人，我等高血压人慎用。

卤拱嘴，一般，为了下酒。

农家坨坨肉，也就烧白，只不过不是切成片的，而是划成四四方方的小块。对于烧白之类的菜，我从来就认为，只有我母亲做的最好吃，自她走后，再也没有吃到过好吃的烧白肉了。

水煮老南瓜，真是巴适的菜，土得到底，没有打皮，连籽也没有取，看看图片就可以感受了，我表述不好，又粑又糯。

粉蒸肉，好看，我怕肥没有吃，不知道味道如何。样子不错的。

热拌肥肠血旺，一看菜想来你就知道是道什么菜了，是毛血旺类的，我个人强烈推荐。

葱香腰花，没有膻味。色与味俱佳。

小院坝老豆腐，这是道汤菜，黑黄黑黄的，说是他们的特色菜，味怪怪的，以前没有吃过，看样子很像是以东南亚一带做肉骨茶的方式做的。

鲜椒鱿鱼丝，是我主动点的一道菜，我认为这道菜可以在他们的菜单上消失。

另外还有两个素菜，装样子补维生素的。

我那么辛苦地把我们吃的每个菜都列出来，一来表示我请客还大方（当然了，怎么算也抵不过宏亮兄的一瓶青花郎），二来是告诉你，这么丰富了，最终才二百七十元。

还是回到沈老这边吧，他是坚决不让多点，不能浪费。

他牙不好，我点了老南瓜与农家坨坨肉，再加了个老院坝老豆腐和鱼香肉丝。

他说昨天他吃的拌白肉没吃好，也点了一个。同样也不值得称道，下次去就算了。

沈老说："七十不劝饭，八十不劝酒。""我们也就不客气了，他整他的，"张上上司说，"来二两，我陪你喝。"

陪我喝？怎么受得了，看来我的酒名还真是在外，不让我喝一口就对不起这餐似的。

沈老今年八十岁了，牙已没有几颗了，农家坨坨肉他还是吃了好几口。

他用我的电话，给他妹妹打电话，说让她放心，现在他又吃到了个好地方。

石棉竹香园农家菜

伍立杨在西昌办题为“滇康心象”的山水小品画个展，我随王益与画家书家张达煜夫妇从成都开车去开眼界。一路上不仅美景养眼，而且还听张达煜教授传授书法心得，受益不少，感觉自己只要有恒心，很快也会成为书法家了一样。可我偏偏最缺的就是恒心，如果说要有的话，一定是用在想怎么吃喝才好之上。

成都到西昌需要五个多小时，中午饭一定是要在途中解决的。

我们选择了石棉县，我在石棉有许多战友，益哥问石棉有什么好吃的。我说我也只是前年去过石棉一次，那时高速路还没有修好。如果要问吃什么最有特色，我想石棉人一定会回答：“烧烤。”

烧烤是石棉人最得意的美食，就连他们的宣传部长都高兴地介绍说，石棉烧烤是中国最好的，CCTV都来拍过片子。那次虽说下着瓢泼大雨，他们还是一定要让我们去体会一下。

石棉烧烤真是与其他地方的不同，是在铁板上烤，油一淋上去，火苗子往上猛窜，大家就像是围着火炉喝转转酒一样。

益哥最尊师重道，就是想让张达煜夫妇享受特色美食，但中午吃烧烤可能还是有些夸张吧。益老哥说不定还有些不太相信，深山老林里的烧烤就是值得那样地表扬?

到了收费站，益哥问服务员：“兄弟，石棉有什么好吃的？”

“烧烤。”

我有些得意我说对了。

“中午怎么能吃烧烤，有别的特色没有？”

“……”对方答不出来。

“过了桥往左走还是往右走？”

“都可以？往左要多些。”

益哥只有苦笑一下，没有结果，只能靠自己的判断了。

往左是石棉县城方向，自然吃的要多些。走不远，益哥看到横跨在大渡河上的一座桥，一下子兴奋了。就像失忆人突然记起了从前，说：“我知道了，带你们去吃一家有特色的，一过桥就是。叫什么园，去年与冬哥从西昌回成都时，来吃过，很有特色。”

过桥真的就到了，叫竹香园农家菜。

玻璃墙上贴满了店里的特色菜名，我们不知选什么好，菜名上多冠以草科二字。

好在益哥来吃过，也还记得上次都吃过些啥子。我们只有四人，就点了萝卜炖腊肉、豆渣菜、家常豆瓣鱼、黄金玉米饭。

我不解草科的含义，以为草科就是绿色环保的意思，草科猪也好鸡也好鸭也好，都以为是吃草长大的。

石棉的自然风光极好，吃绿色环保的食材，当然是一大享受。

问上菜的小妹儿："草科腊肉炖萝卜、草科爽口鸡，你们这里的猪跟鸡都是吃草长大的？是草科动物？"我对鸡也吃草感到意外。

这一问引得了在场的人哈哈大笑，小妹儿说："草科是个地名，草科乡。"

"草科以前是出土匪的地方。"一位大姐笑着说。

我又不得其解了，她看我们疑惑，说："草科，草寇，落草为寇的地方。"

原来如此，我庆幸多了嘴问，不然以后会闹笑话的。

草科的腊肉是非常出名的，是用木材熏制而成，皮呈金黄，瘦肉红润，而肥油部分淡黄，煮熟后切成片就可以下酒吃，当地人家与土豆片或是竹笋或是蒜苗合炒，有一种原始森林中的木头香味。

石棉这一带还有一道有名的菜，叫坛坛肉，奇香无比。土豆片坛坛肉、盐菜坛坛肉、酸菜坛坛肉在竹香园榜上有名。

草科的鸡更是有名，其他地方没得，体型大，肉质嫩香，一只就有十几二十斤重。

说来也巧，刚回到成都，战友张中林说要到赞比亚去考察金矿，见面时，听我说起草科，他说草科的鸡在当地很有名，草科这地方产很多中药材，也产虫草。鸡一般都敞放，吃青草、贝母、小虫子，说不定也吃有虫草。红鸡公与乌骨鸡的品种最好。

竹香园的几个特色菜都是用草科鸡与猪做的，草科一品香、草科双椒鸡、草科腊蹄花、草科干笋炖鸡。一想起来就

不停地吞口水，无论如何，我还要找机会去石棉。

草科注定要让人们记住它，刚回到家里，石棉县的草科又上了CCTV，泥石流名声的影响，在全国人民来看，远远大于烧烤，大于腊猪肉与乌骨鸡。

其实，草科是石棉的一个藏族乡，自然风光好，是很多驴友常去的地方。

我想草科这个名字肯定不会是“草寇”的意思，会不会是藏语的发音呢，没有深究。

竹香园农家菜的门牌上我没看到地址，问服务员，她们也不知道，有人说这里是文化路三段，明白点说就在大渡河酒店对面。

眉山的彭山符记漂汤

老峨山翠竹园的“东坡肘子”，看起来就像白水煮后，放一勺乡村自制的豆瓣酱就成了一样，清清爽爽，肥而不腻，余味无穷。

据说东坡肘子在眉山地区几乎家家能做，而且很简单。我有些怀疑。

我打电话给眉山的诗人棱子，向她讨教东坡肘子的做法。

她说：“想吃肘子嗦，你来眉山啊，魏宇做给你吃。”

她先生魏宇，有一手好厨艺，在朋友圈内早有耳闻，能品尝他的手艺当然是很好了。

我说：“我不仅是想吃，还想要知道怎么做。”

棱子：“魏宇做肘子最拿手，吃了他会跟你讲的。”

做东坡肘子并不是件简单的事，我们去的头一天，魏宇就选好了上等的土鸡和肘子，用了一个晚上的时间来炖。作料的讲究与丰富，食材之多，工艺之复杂，我就像是在听天书。傻傻地望着他发呆，有些香料我没有听过也没有见过，怎么能记得住，又怎么能自己操作得了呢，看来要吃东坡肘子，还只能到眉山去。

魏大哥拿出窖藏了几十年的泸州特曲来助兴，肘子他做了两种味型，姜汁的和酸辣的。炖过肘子的鸡，用蘑菇烧成另一道可口的菜，核桃花拌三丝，还有一道用豆腐做的凉菜，好像名字叫“立起坚”，完全可以在成都来开私家菜馆的手艺。

一个下午，我与魏大哥在话痨子和酒盅中消耗掉了，沁寒作为小辈，没有在他父亲面前显示出足够的酒量，是小小的遗憾。

若若是《百坡》杂志的编辑，棱子的好友，写得一手好散文，她的散文集《一直很安静》里写过她母亲做的菜，让我印象深刻。

晚上她请我们去吃符记漂汤。漂汤是彭山的名吃，而符记漂汤在彭山最有名气，有人说符记是漂汤的开山鼻祖，刘晓庆、冯巩、万梓良等影星到彭山时都去吃过，一时名声鹊起。

现在符记漂汤搬到了眉山的三苏大道上。

符记开店在眉山或彭山实在没有多大差别，彭山本来就属眉山管辖，相距实在不远，用农村的说法，就是过几根田埂而已。沁寒说："我们宵夜都爱约朋友到彭山去，十多二十分钟就到了。"

彭祖是彭山人的骄傲，彭祖活了八百岁，彭山人把自己的家乡看成是长寿之乡。

彭祖曾独创导引术、房中术、膳食术。人们认为，长寿与饮食密切相关，膳食的讲究，不仅满足了口腹之欲，也对养生起到了积极的作用。

漂汤无疑就是在这一基础上发展起来的，从漂汤的做法与食材的配比来看，滋补的作用，远在解决温饱之上。

首先要用土鸡和棒子骨熬成高汤，汤的讲究，是对厨师的考验，时间的长久，火候的大小，程序的繁复，没有足够的耐性，是不可能吊出上好的汤来的。吊不出高汤的厨师，帽子永远也不会高。

底菜有粉丝、白菜、火腿、金针菇、海带、番茄、平菇、血旺、豆腐皮……烩上十多分钟后，将荤菜，如猪心舌、香酥小鱼、酥肉、猪肉片……放在上面煮开，再撒上些葱花，一盆好看又下饭的漂汤就成了。

我猜测这道菜叫漂汤，可能是盆子里见不到汤，而菜都漂浮在汤上面的原因吧。

漂汤有些像成都的什锦汤或连锅汤，也像传说中的"佛跳墙"，看似普通的食材一锅煮在一起，确实也起到了营养滋补的作用，味道的鲜美也是什锦汤、连锅汤无法比的。冬季进补，暖身养胃，这漂汤就派上了大用场，天天吃，都不得厌烦。

当地人叫漂汤为长寿汤。符记漂汤有两位老人把店，应是夫妇吧，确实高龄，也很健旺，上上下下招呼不停，成为符记漂汤的活广告。

魏宇兄跟老板熟，尽管他说中午喝多了，但他还是把老板叫过来说："你这锅少了样东西。"

"什么东西？"老板问。

"你看一下呢！"

"……"老板不愿承认。

"猫猫鱼，吃漂汤咋会没有猫猫鱼呢？不能到了眉山就少料了。"

老板知道遇到真人了，说是没有了，多给我们加了份肚条以表歉意。

少了猫猫鱼并不影响漂汤的好。漂汤的鲜美，甑子饭的稻香，秘制的蘸料，我与魏大哥都认为，这都是我们醒酒的良方。

香香巷渝都老字号老重庆老火锅

龚静染是个大骗子。

尽管是周六，天气好得很难得，我仍然想留在家，为晚餐熬一锅蹄花汤。

龚静染跟我不一样，不愿辜负了这大好时光，一个人去了府河边的露天茶馆，不停地打电话给我，说很巴适，竹椅子，吃新茶，晚上去香香巷吃火锅。

很诱人，但我还是在拒绝，我说我在熬汤，晚上还想写点东西。何况我们两人吃火锅，对对眼碰杯子，有点瓜。

他跟冉匪、立杨打电话。结果都失败，只晓剑兄应约。写东西嘛就吃完后回去再写，我经常都是这样的。

经不住他再三的电话，十七都看不过去了，我才答应。当然，香香巷渝都老字号的确也在诱惑着我。

渝都老字号我和一帮哥们去吃过，那次是为了庆祝阿来在西西弗书店活动的成功。香香巷的氛围和渝都老字号的味道印象深刻，它家的鳝段和新鲜血旺让我想起来就流口水，而且还有鸭肠的脆啊，还有香菜圆子的鲜，老肉片的嫩，鲜毛肚的Q，等等。

桌子有四方，我们却只有三个人，便问了叶茂兄来不来，吃饭我也不愿三缺一。

静染一点完菜就喊："来一件啤酒，一半冻的一半不冻。"

我一看就晓得要糟，说不得行喔，我还要回去写、写、写……

他说："哪个说的喝酒还要写东西，喝开心！"

不是你说的吗？又被他哄了，每次跟他一起，没醉算是幸运的了，要想回去再看书写字，那是妄想。没有办法，只好用心吃使劲喝了。

渝都老字号老重庆老火锅，什么都以"老"字称，也老是被评为大众喜爱，苍蝇馆子五十强等称号（门口有牌子作证）。

渝都老字号已在香香巷开了六年，香香巷开街时就落户在此。

巷比街窄，香香巷灯红酒绿，颇有些情调，吸引了不少年轻人和外地客来。来吃渝都火锅的，年轻人居多，背包客不少。

火锅用老字，打怀旧牌，是以传统和味正吸客。味道果然正宗，陈设也很重庆。墙上贴的“重庆酒言子儿乱劈要财”是很有创意的行酒令。江小白的广告“人在江湖走一走，吃饭喝酒要朋友”是我认同的人生格言。

锅是九宫格，每格菜品的“人生”由我们支配，想放哪格就放哪格。

静染好像知道我们每个人好哪一嘴，总是把各自喜欢的菜品放在离朋友最近的格里。

菜品相当地丰富，每个我都认真拍照存念，再过几年，

我老了，吃不动了，说不定这就是最好的怀念了。

菜名我就不报了，我又不是服务员，以照片示人，更吸你眼球。

与龚静染相聚除了以菜下酒之外，还必须让文学和诗歌来陪，开口闭口都是，典故极丰，无一次例外。仿佛几个还是中学生，文学就跟漂亮的女生一样，让人心跳。

他出版了《小城之远》《浮华如盐》《桥滩记》，他端起酒杯说，来，一起干一杯。

他的一个写作计划列入了国家支持项目，值得庆贺，他说一直吃火锅有些油腻，转个台吃串串再喝。

怎么能扫他的兴致呢？反正都被他骗来了，去就去，谁怕谁啊。

石羊镇李二孃兔头

石羊镇在都江堰的腹心地，泊江河，黑石河夹镇而过，是一个好地方。

文佳君用他地道的都江堰口音介绍说：石羊镇是川西四大古镇之一。

说历史那就是个悠久。据说这里曾是青城县的旧址，也就是说是现在都江堰的前生。

从文化上说，这里是花蕊夫人的出生地，费姑娘了不得，中国的第一副对联就是她撰的："新年纳余庆，佳节号长春"，有人推她为楹联鼻祖。她还建立了中国第一个国家画院。

说物产可以说那是相当的丰富，这里是川芎之乡，是兰花之乡，常年果蔬喜人。

那天，我在海南，朋友带我去吃澄迈地道的白莲鹅，车刚停在饭店门口，文佳君来了电话："鸿哥，你好久到都江堰来，石羊场有家麻辣烫，巴适得很。都上了电视台，你来吃。"

美食在民间，一个乡场上的馆子都上了电视，我想肯定有他的独到之处，就说："好嘛！"

周末，佳君尽管有偏头痛在困扰他，他还是催我到他乡下的家里去，中午吃他父母做的家常菜，刚放下筷子就安排往石羊镇去。

李二孃老地方麻辣烫在石羊镇的商业场，商业场是一条小到不能再小的、短得不能更短的小街，刚好可以让一辆轿车碾过。

佳君说李二孃的店已经开了二十九年了，明年三十年，应搞个大庆。

我从来不相信什么百年老店，但对能有十几二十年的坚持的店特别地信任，弄虚的玩假的，不可能上二十多年。

李二孃曾是民办教师，唉，说起民办教师，我都要流泪，我母亲就曾是，这可是这个世上最苦命的一群人。她开麻辣烫讨生活，可想当初她的日子有多难过。

最初的时候是用砂锅在街边叫卖，后来才慢慢撤回到自己居住的房子里来卖。那时房子破旧，没有多少客人，有六年的时间几乎没有收入，日子都不知怎么过了。

"六年啊，我都不知道是怎么坚持下来的。"李二孃说，“要不是朋友和同学的支持，不可能有今天。”

她是以集会的方式坚持下来，“集会”相当于现在的众筹，民间以信任为基石的集资方式。

刚开始，她并不懂得怎么做麻辣烫，更不懂怎么做兔头，全靠自己摸索，不停请同学与朋友分享，最终才渐渐得到认可。

她用麻辣烫的牛油，是在南桥市场去采买的，在都江堰的朋友都知道，南桥是清真市场，那里的牛油地道。

清油全是通过自己煎制而成。

尽管没有请人来打理店子，因各种食材都新鲜地道，也

赚不了多少钱。

兔头有两种，麻辣和五香，跟所有的地方一样，她建议吃麻辣的，更入味道，只有那些北方人，才吃五香。

兔头大小均匀，就像是比起矩框买的。个个新鲜，都是每天到市场去收，限量供应。如果那天收得少，她会在微信上告诉好友。

她说她绝不用冻兔头。她坚守手工与传统，没有一样不是她夫妇二人亲手做的。

她坚持自己为客人做调料，每个兔头上来时，她都要讲特点，不停地在盆子里混合料，麻辣鲜香都占齐了，让我们吃得满头大汗。

小店里人不多，并不是生意不好，而是就跟流水席一样，下午两点多到深夜，一直都有客人。

李二嬢跟我讲，她现在成功了，愿望实现，她还有个愿望就是开股份公司经营兔头，讲到后来，我才知道，她所说的股份公司跟我们常说的是不一样的，她说她不招工人，是因为怕他们不用心，只有成为股份内的人，才能用心努力地工作。

我说你既然有这想法，我倒是建议你把你的方法教给那些还在艰难生活想创业的人，教他们做兔头的方法，让他们也自主创业，自食其力。她说对对对，就这个意思。

水磨镇回澜塔饭店

参观了阿坝师专（今阿坝师范学院）美术馆的第四届高原画展，又去杨瑞洪老师的工作室开眼界后，我们回到了大唐卓玛老师的画室。

他们一家都是画家，杨瑞洪老师的画气势恢宏，作品大多表现的都是一个人内心的孤独，想要挣脱束缚中的呐喊。

杨老师说："每个人都孤独。"

他在享受孤独。

大唐老师的作品，我却感受到她内心的祥和与安静，色彩的斑斓是她对生活热爱的表现。

诗画，他们的女儿，我从她的画作中，看到了她内心的澄静如水，看到她的画的色彩，都有如在用雨后的洁与净，描绘她内心的瓦尔登湖，尘世与她无关。

在水磨，我享受了一场艺术的盛宴。

起风了，该启程了。

大唐卓玛说：晚上去吃汤锅，然后你们就回成都。

从阿坝师专出来，几分钟就到了目的地，我也没有看清有没有路牌或是街名。

记得有一个牌坊，从牌坊穿过，再往里面走，街的尽头有一个院子，我曾到那里去过，老板是一个书法爱好者，开的是一家农家乐。

大唐卓玛说的汤锅没有到街的尽头，在街的中段，从刚能过车的通道进去，也是一个院子，停不了几辆车，一层是大堂，有很多位置，门口小桌上的盘里放着麻花和糖油果子，可以自由取食。

大堂太吵了，大唐说还是换一下，带我们到楼下，其实

是在地下室，下面有包间。

墙上都是些广告语，我一直没有发现这个店的名字。

汤锅是白味的，主料是排骨与酥肉，配以中药当归、黄芪和沙参，还有大红枣、平菇、西红柿、玉米、生姜与葱段。在我看来，是十足的滋补汤啊。

我想起了成都的刘连锅汤，每到冬季，顾客盈门，是我过去常请朋友畅饮的地方。

大唐老师知道我曾迷此仙汤?

大大的一盘卤猪脚上来时，我的兴奋没有暗藏住，我没有法子斯文起来。

卤菜据说是属龙人的最爱，我属龙。

此猪脚，色泽鲜亮，炽糯适中，蘸点煳辣面，见到它就像陈家洛见到了香香公主。

大唐老师说：大华老师最喜欢这里的卤牛肉，下酒最好。

诗人陈大华是大唐夫妇的好友，是隐者也是饮者，这世间“唯有饮者留其名”，我跟他一起喝过，我知道大华老师的诗名酒名。

大唐老师说：大华老师每次到水磨来，都不要住旅店。

他要住在大唐卓玛的画室。

我说：要是我与大华老师一起来，他就要住旅店了，我们要把卤牛肉和卤猪脚打包回旅店，要彻夜长饮。

此店叫回澜塔饭店。大唐卓玛说，回澜塔在漩口镇，地震前开在漩口镇，有几家分店（汶川就开有三家），这里是往马尔康的交通要道，过往的车辆多，司机们都喜欢在这家吃。

在岷江与寿溪河的交汇处的漩口，就叫漩口镇，这个镇名取得直接，也不怕人说取名字的人偷懒。

回澜塔饭店的老板叫郭金全，水磨镇这家是2011年3月开的，由其女郭代群掌舵。

大唐卓玛说，因为生意好，来往的吃客多，食材的消耗大，所以老板自己办了养猪场，吃这里的猪肉放心。

既然是自己养的猪，我想其他的卤菜也一定不少，卤拱嘴、卤耳朵、卤尾巴、卤猪肝、卤肥肠……肯定都是有的吧。

下次来，一定要住两天。

汤锅配有不少的新鲜蔬菜，什么豆芽、菠菜、豌豆尖、鱼腥草之类的，通通免费，想要多少拿多少，吃不完哇，罚款！

炒菜也巴适，出远门跑车的，最解乡愁的就是家常厚皮菜、蒜苗烩胡豆、椿芽炒蛋了。

吃到最后，有些腻了，才知道麻花的妙处。就像住久了城市，看腻了花枝招展，才忆起“你那美丽的麻花辫，缠呀缠住我心田”。

水磨镇夏氏藏羌私房菜馆

大唐卓玛（唐平）是位了不起的画家，在汶川水磨镇的阿坝师专教授学生。

她多次邀请诗人张新泉（首届鲁迅文学奖获得者）去水磨镇看看，一晃就过了四个季节，都没有成行。

张新泉问大唐：“你最喜欢水磨镇的哪个季节？”

大唐卓玛：“说实话，我喜欢水磨镇的每个季节。水磨的每个季节都有它的美。”

她在微信说过：“我的瓦尔登湖——水磨古镇。”

爱水磨镇到了骨子里了，大唐卓玛的内心也有梭罗同志的自然情怀和人文情怀吧。

大唐卓玛是个善于分享美好的人，不仅是画家也是诗人，我虽没有读过她多少诗，但我在她先生，大画家杨瑞洪的文字里知道，她是一位诗人。她希望张老爷子也能去感受水磨古镇的美好，哪怕只是一个季节里的一天。

有幸在这个春天与他们同行，然而我是一个既不懂诗也不懂艺术的憨憨，惦记着的是与他们一起，一定能满足我世俗的口腹之欲。

震后重建的水磨镇，我曾去过一次，那里的美食与风光我至今难忘，挂在街沿的风干老腊肉，随时晃荡在我眼前，是永不消失的风景，让我忘记了什么是高血脂、糖尿病。

大唐卓玛说，中午到老街去吃藏羌私房菜馆。

夏氏藏羌私房菜是家大众化的餐馆，从菜单上看起来，菜品与别家店并无多少不同。

私房菜“私”在何处，菜上来才知道，朴素的菜名，用

的却是并不朴素的食材。如青椒牛肉，既不是水牛肉也不是黄牛肉，而是高原耐寒的牦牛之肉。以前吃过风干的手撕牦牛肉，一边手撕一边喝啤酒一边看电视，那日子过得真是美好。要吃到新鲜的牦牛肉估计只能到高原来才行。

菜单中的拌野菜是凉拌的包笼菜，从没听说过的名字，无论大唐怎么形容，我也想象不出来它是一种什么样子的植物。

炒野菜我认为是水芹菜，却不敢相信这样的大山里也会有，而大唐说，是野芹菜。

吃野菜，现在是一种时尚。

最具特色的是土豆糍粑，这道菜在陕西商州、甘肃陇南、四川阿坝和贵州贵阳很普遍，各地叫法不一样，甘肃叫“洋芋搅团”，贵州叫“洋芋糍粑”，这里的菜单叫“土豆糍粑”。

舶来品在中国民间，一般都会加个洋字，所以土豆我们叫它洋芋，现在有很多人也没改口。

土豆是勾起我回忆的食物。过去家里穷，土豆既是主食也是菜。

土豆糍粑做法是将土豆煮熟后去皮，放在石臼锅里捣成土豆泥，反复地捣，直到捣黏，有了黏性，像糍粑一样后，才能用来做菜，根据各自所好，与其他食材搭配，就是一道道美妙的菜品了。

小时候，母亲在蒸饭时，总是把土豆切成厚厚的片，放在蒸格下面，饭蒸熟了，土豆也煮熟了，倒掉水，放油炒，用锅铲压成泥，起锅撒些葱花，真是好吃。只是妈妈做的土豆泥没有土豆糍粑的黏性。

用酸菜与土豆糍粑配，我想是这家的“私技”吧。我们要了几次，老板说我们把他石臼（四川话叫兑窝）里的都吃完了。

水磨老腊肉是必须要的，青青白白的煞是好看，却让人不敢下箸，不过不必担心，真的是肥而不腻，我夹了几大片下饭。

水磨镇的水磨是用来磨豆花的吧，豆花是本镇的特色，家家都会做豆花，水磨镇是这样的来历吗？我从来不喜吃豆花的，也把豆花水喝了几大口。

水磨古镇地处岷江之流的寿溪江畔，据说在商代（不知“砖家”是怎么考证出来的），就是有名的长寿之乡，以前就叫长寿村。

凡事对我而言，总是跟吃联系在一起，长寿是吃出来的，肯定不是饿出来的吧。

山水养眼养心，美食养胃养生，长寿是必然。

有关喝酒的事情

喝酒这事曾让我引以为豪的是，我认为自己的酒量很大。聂大师作平说他对我的一大遗憾是不曾见我醉过，我跟他在一起喝过的酒不少，最多的一次是在诗人二毛的“川东老家”，喝以冉云飞母亲命名的“冉妈红”，因为是散装的，喝完了一碗又来一碗，待结账时我们才知道六个人喝了六斤多，其中我和聂大师每人至少二斤三两左右，其间大师曾上脸过，但我还很坚持，完后还与老婆一起走路回家，聂大师在出租车上直播后，还打电话来关怀我，要我小心，问我有没有事。反正后来我和老婆平安回了家，其他的事后来就不清楚了。

从此我的酒名更是让人认为了得，其实他们不知道我回家后有多难受，就是在第二天，我的头也是一直暴痛到下午，晚上的时候才吃点东西。从此以后，我的酒量也因此大减。但我也乐得告诉那些想跟我一起喝酒的朋友我能喝下两斤多酒的经历，不是为了表现自己，而是要拿出自己的胆来，让别人退缩，不敢跟我多喝，达到自己逃避喝酒的目的。

不是所有的事都是天随人愿的，有人不敢与你喝，就有人专门找你斗，喝酒找乐子的事，往往变成斗酒赛，看哪个把哪个喝倒为原则。最后只有真的逃避了，不是那人就不喝了。好在我这人还有些骗人的相，说自己不会喝总还是有人信的，于是我也就乐得有些清醒的日子。

有些酒是不能不喝的，有朋自远方来，你能不喝吗？你到远方去，你能不喝吗？

去年8月，台湾大都出版的林敬彬兄与大地出版社的吴锡清兄到成都来，给我带来了一瓶洋酒，是威士忌。我和二位兄长并没有业务上的往来，在2004年桂林书市时，经黄明雨兄引见得以相识，当时我们一起与台湾十余位出版界朋友桌上相欢，下来后发现我们喝了六瓶泸洲老窖和一瓶他们带来的金门高粱酒，啤酒自是不计其数。到了成都自然是要好山好水好菜好酒。

也就是这一次，让我真正体会到什么是海量。以前嘛都是若干人在一起，谁喝了多少，在一片混战中，都不甚了了。以8月30日为例，这天我们去青城山和都江堰，中午从青城山下来，带他们去当地的名吃罗鸡肉，本说是中午不喝的，一来是我要开车，还有就是再到都江堰去看看，在吃的过程中发现不喝点点好像也不是个滋味，于是就来了几瓶“528啤酒”，一发不可收拾，从12点多一直喝到下午3点多才离开罗鸡肉到都江堰景区。

晚上约了几位朋友，让他们体验当地民情，在涛涛的江边吃当地风味。江边的风大，江中的水吵，身边叫唱声震耳欲聋。我们只好让他们一边用眼看身边的民风市井，然后就是一瓶一瓶地往嘴里倒啤酒，一箱多啤酒很快下了肚。因要回成都，所以不敢造次，一路舒舒坦坦地回到了住处。没想到的是，他们还要让我去喝，说是因为我刚才没有喝够，他们心里不爽，想跟我一起爽爽。这下可了得，就在他们住的酒店，我们又是几十瓶啤酒丢进了肚皮，深夜12点多，我才回到了家。

喝酒给人印象最深的，不是一个人喝酒喝得多有文化，《红楼梦》续诗喝酒文是文，不知现实生活中有多少场合是这样的。如果哪位朋友邀我读一句诗喝一杯或是一小口，我是打死也不会去的。猜拳行令倒是有的，闹轰轰的，我想除了当事人，没有几个会被这气氛感染的。

记忆最深的酒友，往往是那些喝得最多的，或是出糗最多的。他们能成为我们平常的话头子，添一些生活的乐趣。好多年过去了，好多的同学我已记不清面孔与名字，好多的战友我也忘记了他们在何方，让我醉过的人我都深深记得，恐怕要忘掉是一件不容易的事。

我不知道黄明雨兄算我的什么友，能跟他走到一起是因为第一次喝酒就印象深刻，是2003年吧，我们去他任职的海南出版社京版中心。晚上我们一边聊对出版的认识，一边喝“酒鬼酒”，不觉间就是一瓶，大有一见如故的感觉。后来跟我们公司合作，成立了以他为中心的立品公司。我们每次一见，必是喝。

正月初四记

早上一起床就见阳光明媚，在成都是难得的艳阳天。

我想这几天哪也没有去，趁天好去看看龚老师吧，就打电话去，他说在玉林村，你过来吧。

进门我想还没到三分钟，他一边给我泡茶，就说他开年要给法学院和文学院的学生讲现代文学的课，现在正在备课，讲梁实秋的散文《下棋》，话匣子一开就说起了梁实秋的很多发现，说哪篇文章最初只有六百字，再发表时改为了二千多字。

他说他去看曹万顺时，听说金平在他的档案中说他没有完成过任务，是一个不合格的编辑。当时他认为是曹听说的一种传说，说凭他对金平的了解应不至于这样写评语吧，而曹说这是真的，也正因为这句话曹给行政办主任说，这是金平在留龚老师，故意这么写的，这说明龚老师更是个人才，要快办手续。这真是不太明白金平的用意了，但愿他真是如此意思。是不是完成任务，他心里最明白，每年都有工作量，有字数要求的，就经济任务来说，龚老师离开出版社时策划出版的“纸阅读”系列现在都印了好几刷了，能不赚钱吗?

我们每次见面，他总是希望我写文章，今天又以梁实秋当年事来激励我，他总是相信我会有所成的。我说我正有一个计划，想写一本不一样的书话类的书，我说看到我那么多的书，有些可能一生也不会去读了，而且有很多书有复本，我想通过一个平台，把这些书卖或者说是送出去，在出去前写一些文字，介绍一下这些书，内容都是这些书跟我的关系，怎么得来的，这本书有什么故事，我以《讲真话的书》为例，把我的想法说给他听了，还说我需要得到他的帮助，而这本书稿就是他去向巴金组的稿。他非常赞同，说就是要写这样的别人不知道的故事，只是书的简介没有什么意思。现在很多书都是写些大家都知道的事，没劲。

为了让我写好巴金讲真话的书，他回忆了他当时组稿的情况，他还拿出巴金给他的信来说明当时的情况，并说复印一份给我，我写文章时可以引用。

自然要说到我的病，他以他的身体来说，说有一次他一个人在家生病，人都站不稳，最终一个人有气无力地骑自行车去了医院，医生说他幸好是骑车去的，加速了血液循环，不然只会是中风，一辈子躺在床上了。当时他的耳朵也听不见，相当严重。最终都好过来了，他说你比我年轻，肯定会好的，糖尿病不算什么。

他的夫人与儿子回娘家去了，只有他一个人在家备课，他留我在家吃饭，他说他不愿在外面吃，在家随便弄点吃是最快活的。我想也是，我是糖尿病，忌的东西也多，在家清淡点也好。龚老师显然是不太会做饭的一族，他只把米和红豆、小米放在高压锅里，一会就好了。我说我只能吃蔬菜，他就把菜头、菠菜一锅煮起，怕没有荤气，又放了一些腌鸡、香肠一起煮，四不像，但吃起来最对我们的胃口。以前我与他做邻居时，知道他的汤做得好，我曾问过他窍门，他

说勤快而已，就是随时打掉浮在水面上的泡。他夫人与儿子不在，我们倒也自在，天南海北无所不谈。我们共同的生活境界是，像古人那样能三五知己在冬日围炉品茗，喝几杯小酒，谈谈读书的事。他说还有五年就退休了，退休前还是要做点事，不然就来不及了，所以他主动要求给文学院的学生娃讲现代文学。如果按三十年工龄，五十岁就可以内退的话，我也只有五年的时间就可以退休了，但愿那时我们可以如愿，有一个地方，一个火炉，三五知己围炉夜话，雪夜谈书。

上言加餐食
下言长相忆

柏合范家豆腐皮

大年初一，我们一家去龙泉长松寺看望母亲。岳父说他与母亲同庚，也要一起去祭拜。

出门稍晚了些，待祭奠毕，已12点多了。岳父有准时吃饭的习惯，我说我们走另一条路回去，到柏合镇去看看，能不能吃上范家豆腐皮。

大年初一外出，要吃上饭，是件难事。

从龙泉到华阳的路上，风光旖旎，路边的桃花都已开放，惹得寻春的人贴面欣赏。

柏合镇是古镇，明代时建有一刹叫“延寿寺”，寺周林中多有白鹤，又有“白鹤寺”之称。寺内有龙柏、凤柏相依相偎，连理成枝，当地人又叫它“柏合寺”，寄望象征百年好合。柏合寺也就成为柏合镇的代名词了。

柏合镇的豆腐皮是当地特有的美食，当地人都擅做。镇上有冠以各种姓氏的豆腐皮饭庄。

我很小的时候就知道柏合寺有好吃的豆腐皮，但我真正吃到时，却不在柏合寺，而是在龙泉镇的一家小店里。那时就发愿一定要去柏合寺吃正宗的豆腐皮。

柏合镇离成都只有二十多公里，去也方便，就去吃了好多回。

去年春深时，与朋友没有目的地开车乱窜，走到了这里，去了最有名的范家豆腐皮店，更是念念不忘。

那次到范家豆腐皮店时，上午11点刚过，整个餐馆就快满了，我们不讲理地占了一个包间，服务员说是留座，但我们仍是坚持说我们吃得快，很快就会让出来。

蒋总裁估计常来，不要菜单就点了一桌子菜。都是这里的招牌菜。

最主要的当然是豆腐皮，豆腐皮有三种味，有红白之分，我们要了两个，红味是必要的，不然愧当四川人。白味是三鲜的，还有一种是泡菜的，据说略有辣味，我们没有要。

红味豆腐皮的特点是麻、辣、烫。白味按当地人的说法是润、滑、腻。我要加个字：鲜。

网上有个传说，说古时有一位将军到了柏合镇，要吃这里的麻辣豆腐皮，此时店里没有，但将军是惹不起的人，非要吃。没有了黄豆，老板就让伙计用蚕豆磨浆做成薄如画纸的豆皮，切成中江挂面一样细的豆皮丝，多多地放油，将油烧滚佐以豆瓣、酱油和花椒面，再配葱蒜，豆腐皮上桌时，碗里不冒烟，却是烫口得不得了。麻辣鲜香烫，让将军大赞味道不摆了。

今天每当上这菜时，服务员都要说，要吹冷了再吃。不然放进嘴里吞不下去也吐不出来，只好把舌头烫烂。

这个传说相当地不靠谱，当今记者胡编乱造，假造传说，实在让人生恶。其实只要豆腐皮好吃就行，不知道他的来历了也大可不必胡造。豆腐皮的制作岂可是立等可取的，那么心急火燥的将军，岂能容得下伙计的慢工细活。豆腐脑从磨豆开始算起，也不是一时半会就搞成的，将军会等上一天一夜吗?

范家的卤菜也有特色，一般到的客人都会点。

另有红烧土鳝鱼，是不是土当然是值得怀疑的，不过我认为用炒字更合适，味道还是不错的。

炒肝片也是这家的招牌菜，用的是笋片与莴笋片，加一些木耳大葱节。说是肝片，却更像是肝花，大片大片的，很有质感。

心仪的还有鱼香厚皮菜，美味得来真是难以形容。

我们人少，菜点得还不算多，但个个都让人记忆深刻。看邻桌都是一大家子地来，满满地点一大桌，可想范家的菜品是很丰富的。

范家的菜，油都重。其实我想不止是范家了，油重是所有农家菜与苍蝇馆子的共同特点。我们要了血旺蔬菜汤，血旺蔬菜汤是解油腻的最好法子。

我思量豆腐皮的做法，就跟陈麻婆豆腐的类似，否则不可能油重外露，麻辣且烫，浓稠入味全与要二次勾芡有关。麻婆豆腐一定要加个陈字，并不是所有的麻婆都是陈，都叫陈麻婆。很多人学陈麻婆，其实叫三八婆。

有一次在有茗堂茶楼，与一编烹饪杂志的仁兄聊起，他说正是。他们拍下了做柏合豆腐皮的全过程，红味的豆腐皮与陈麻婆豆腐的做法差不多，这样做正是范家范老爷子的发现。这说明柏合豆腐皮没有什么可以传说，好吃都是近代的事。

我们到了柏合镇，直接到范家豆腐皮店，果然放假到初七。到华阳去吃午饭，也有可能是这个结果，大过年的，谁愿意伺候人啊。回家去吃，等于与晚饭一起吃了。

掉转车头，见街对面人山人海，正在吃饭。我以为是镇上人家在办喜事。

开车去镇上走了一圈，没有一家店是开着的，也不见镇有多古，破烂倒是真的。

回到人多的地方，原来真是一家豆腐皮店在营业，难怪人多。

抬头看招牌，叫柏合何记豆腐皮饭庄。

我们点了红白两种豆腐皮，女儿点了凉拌鸡肉，何记也有肝片，我们也要了。

年年有余，老板娘说还是点个鱼吧。是家常豆瓣鲫鱼，鲫鱼炸得金黄，放在一边，用时浇上汁就可以的那种。

老板娘说，她们每年过年都在卖，从不休息。这真是方便了像我们这样的“出家人”，我祝她生意兴隆。不过我的感觉，真没有范家的味道让我称道，不知是不是有先入为主的想法在作怪。

连界幸福羊肉汤

大假来临，阿庆嫂问我准备到哪里去耍。我说想到富顺去。自贡富顺是十七的故乡，去是有理由的。

到富顺，说到底是为了那里的美食。聂大师作平说我对富顺的美食是真心地热爱，难得，难得。富顺吃的多，最闻名的是豆花饭，当地人可以说早中晚都可以以此解饥。

还有仔姜爆鸭、仔姜牛蛙、风干萝卜蹄花汤、风干排骨、牛佛烘肘，等等。说不过来，我都数不清了。

但是这还不够，我最喜欢的是那里的羊肉汤。富顺的羊肉汤之多，几乎遍城都是，一年四季早中晚，飘香啊。

阿庆嫂唱道，谁不说俺家乡好，嗯哎哎哟。要说羊肉汤好，还是俺家乡威远城里的那才叫好。

我虽吃过天南海北的羊肉汤，却独好富顺的，说起威远的来，还真没有发言权。于是就想去试试。

威远城离富顺不远，以前没有直接到那里的高速。现在好了，有成自泸高速路过。

十七打电话回富顺，去问她小舅，威远的哪家羊肉汤好吃。因为小舅妈的老家在威远，他们一家子都是好吃会弄的人。

小舅电话里说，威远城里没有好吃的，好吃的在连界，你们到了连界出口下，镇上有家叫幸福羊肉汤的有名。其实那里的家家都好吃，幸福人气最旺。

连界，我们是第一次听说这地名。一查才知道这还真是个了不得的地方，连界位于荣威穹窿北翼的山区，山虽不高，去时常云雾缭绕，人叫云连；又因它处在仁寿、威远、资中三县的交界地，又叫连界。这里云蒸霞蔚，云山相连，奇秀无比，有天然氧吧之称。

四川军阀刘文辉曾在这里建过兵工厂，现在都还有一座当年兵工厂的烟囱在述说着曾经的过往。说更远点，战国时这里就有了冶铁作坊，当地人以这里是四川冶铁业的鼻祖地而自豪。现在的川威集团也就是当地人说的“威钢”就在这里。

说到名人，因译《伊索寓言》而得过希腊骑士文学奖的学者罗念生就是连界籍的。冯玉祥将军曾在这里题写：“还我河山！”呼吁四川人民支持抗日。

威远的辣椒远近闻名，新店的七星椒，“武功”的级别最让人佩服，是成都餐馆争相购买的扎称招牌料。

算准了时间我们到连界吃中午，也不急着去找幸福羊肉汤在哪里，先把小镇逛一遍再说。镇不大，很快就知道了大概。

连界民间说：羊肉加姜，香过七八里乡。我们第一次到这里，也没有问一下路人，幸福羊肉汤就被我们找到了。可能是我爱吃羊肉的灰太狼的鼻子起了作用。

粉蒸羊肉是连界不可或缺的美食，这里的蒸羊肉有一特点，就是蒸笼特别地小，里面只放几片羊肉，给人感觉这不是拿来吃的，是用来塞牙缝的。据说是现点现蒸，几分钟就熟了，那样口感才好。

我看了一下挂在墙上的菜单，点了一份一斤的汤，肉与杂各半，如是我个人吃，我会全要羊杂的。十七喜欢血旺，又点了份血旺汤。

看起来像东家的大姐说，给他们称旺点。可能是我问长问短，说得她心里高兴了。粉蒸羊肉我没有吃成，因为锅没得空。只好留一些念想，寻思啥时候再去一趟。

吃羊肉汤蘸料很重要，一方水土，一方的吃法，就吃出了各地的差异。这里的蘸料是芫荽、葱花加本地的七星生椒，或是加煳辣椒的干碟。

我吃羊肉汤有一心得，或是叫三步曲。

第一步，将葱花、干海椒面与花椒面拌匀，放少许的盐。干蘸着羊肉或羊杂，又辣又麻又香。那感觉就像是充满朝气的小伙子，浑身有使不完的劲，哪怕颗子汗使劲地冒，都还觉得可以来得更猛些。

第二步，在干碟里加些羊肉汤，蘸料一下子温柔多了，汤使各种料混合为一体，就像经历沧桑的怨妇在向你述说人生况味。

第三步，就像是怨妇的苦快说尽了，也就是说蘸料越来越淡了，你可以在沥米饭里加上羊肉汤，要一份洗澡泡菜，全然不要理会什么蘸料，就是泡菜下汤泡饭。

沥米饭一定会是一粒一粒的，不会像电饭煲里煮的。如果卖羊肉汤用电饭煲煮的饭供应，连界人一定会把店给你砸了。

洗澡泡菜就羊肉汤泡饭会让人体会到人生平平淡淡才是

真的美好。

然后，然后，你就可以拍拍肚子，喊一声“买单”了。

我问大姐营业时间一般都在什么时候。大姐说24小时都营业，因为威钢人上班三班倒，随时都有人来吃。24小时都开的店，自然让人放心食材的新鲜，连界人真是幸福。大姐听我说幸福，笑眯了，大声地说，大家都说吃了我们幸福羊肉汤幸福，然后哈哈大笑。

连界人喜吃羊肉汤，一年四季都吃。不像成都人只吃冬季，更准确地说是只吃冬至那一天。

连界人嘴巴挑，在羊肉汤的选择上，从不买外地的账，说他们只吃本地的羊肉。在没有高速时，这里的交通说实在的，想吃到外地的羊肉都难，看来挑嘴的话不假。

如果要我对连界与富顺的羊肉做个比较，我认为连界的还是要粗犷些，没有富顺的精致，富顺羊肉汤对羊肉的部位划分得更细，会有更多的口感让你品味出羊肉的美好来。

这不是哪里好哪里不好，而是跟当地人的生活习性有关。

我问街上的人，这条街的名字，他说叫三十米大街。三十米？我左右一看，五百米不止呢，他看出了我的疑惑，笑着说“是三十米宽”。

幸福羊肉汤馆，在连界最宽的大街上。

富顺李二羊肉汤

富顺的羊肉汤馆多得很，像高峰羊肉汤、大转盘羊肉汤等，我去过的不下十家。

这几年富顺的城市建设跟得上北京的速度，变化大得不得了。高峰羊肉汤到城中心，规格高了很多，不再有原来的氛围。大转盘羊肉汤只去吃过一次，表面浮油太重，不适合我这种满肚肥膘的人。

美食家表弟周洁，品味很有心得，知我是灰太狼变的，说李二羊肉汤是不错的选择。他去得最多的就是李二家的。

每次到富顺都住在他家，早上他总是等到我起床后，一起到李二羊肉汤馆去，风雨无阻。

李二羊肉汤馆在钟秀路上，吉安大桥旁。

吉安大桥下面是有个很大的农贸市场，很方便他购物。

吉安大桥的另一头，有家富顺最著名的豆花饭店——白玉豆花店，每天人满为患，价格也比别家的高。早上我就与家里人分开吃，他们去吃豆花饭，我守在李二的店里。

钟秀路是富顺有名的卡拉OK一条街，每晚都聚集了很多人手持话筒克声嘶力竭，人们形象地叫这条街为拼命街。

李二的店不大，但他做起来用心。周洁与他熟，知他根知他底。

李二是赵化镇石道场人，赵化镇是“六君子”之一刘光第的故乡，曾经是热闹的码头。聂大师作平也是从那里出来的，写了很多书，粉丝面条有几库房。

石道场是个集市，李二以前就在那里开店。后来，他认为那里毕竟天地小了些，就举家到了富顺来。

他有一儿一女，女儿以前一直在店里帮忙。一天，他觉得不能误了女儿的前程，就送她到了内江的一所卫校读书，希望将来有个好归宿。儿子现在已在富顺一中读高一了，每到节假日，都让他到店里来打工，不是帮忙，是打工，他每天都要给儿子二十元钱的工钱。

周洁说李二每天4点钟就起床熬汤。他做的汤讲究，要用猪骨与羊骨头一起炖，第一次的汤烧开后都是要倒掉，每天要倒几桶，旁人看来都心痛。但他为保证其汤色的清亮和味道的纯正，绝不吝惜。

为保证羊肉的新鲜和羊的品种的纯正，以前富顺的羊肉汤馆都是自己门前搭台子现杀。现在政府不许当街这种残忍杀法，也是为了环境的卫生。他的羊肉只好由赵化的老乡杀好后给他送来。他把羊的各个部位分得很细，不同部位的口感是不一样的享受，他认真对待羊的每一部分，这样好像才对得起死去的羊一样。好像李娟在她的书里写过，牧民们吃苦耐劳地牧羊爱羊，最终就是把羊吃掉，直让她对羊说对不起对不起。

李二也只有把羊肉做得极用心思，才让羊死得其所。对我这样的食客来说，不认真地享受羊的美味，又怎对得起羊，对得起胃，对得起周洁，对得起李二呢?

进李二的店，门口就是吧台，所有的蘸料就放在吧台上，由客人自行配制，客人在门口就像喊师一样向店内喊，其实自己当伙计叫自己东西，叫完要什么部位，要多少钱一份后，就各自调料了，蒜泥、小米辣、葱花、煳辣椒、花椒面，看各自的喜好。

李二的羊肉汤，汤清味鲜，洗澡泡菜也很有特点，清香爽口，脆生生的。做甑子饭的米又好，每次去我都要吃两大碗。

我一个人也时常去，在富顺呆几天，我就会雷打不动地去他那里干几天早餐，可以说熟稔了。

一次我们想念羊肉汤了，中午在成都的西安路吃饭，说起说起，文龙就说，我一直都没有请他们吃过富顺的羊肉汤。我说走哇，现在就去。于是我们放下碗就开车往富顺跑，文龙说他还喜欢富顺的豆花饭，每次去，他都要带不少的酱油和香辣酱回来。我也没有惊动富顺的亲人，自己居然也能轻车熟路地找到李二羊肉汤的店。

李二的羊肉汤不仅汤好，炒菜也不弱，火爆羊肝、烧羊血（这道菜没有高峰的好）、条粉烂羊肉都是他的拿手特色菜。

所谓条粉烂羊肉是当地叫法，也可以叫烂肉粉条，也就是我们常说的蚂蚁上树。这个用碎羊肉做的蚂蚁上树，周洁说是他吃过的最好吃的蚂蚁上树了，把条粉夹起来，吃到最后，你会发现碎羊肉末都随条粉进了你的嘴，盘子里光光的。典型的光盘，让叫花子们愤愤不平。

李二在富顺也干了好多年了，可以说不辞辛劳，每天4点起床，开店到晚上10点多钟。他有一个想法，想把店开到成都去。

唉，他哪里知道，成都人是不懂得羊肉的好的。他们把羊肉当补品，以为一年只吃一季就可以了。在成都开羊肉汤馆，一不小心就亏死了。安心开羊肉汤馆的都是开一季吃三季，就像做古董生意的，得很有经营头脑才行。所以在成都没有一家像样的羊肉馆，环境也不比李二的好，多是苍蝇馆子。

跟他说了，他也不死心，他说现在他夫人也可以独当一面了。夫人在富顺开，他还是想到成都去闯一闯。

李二的羊肉汤做法是家传的，传统而又专业，是积累有心得的。这也正是食客一直青睐他的原因。

有人为了学他的法子，在他店里打工，也不要工钱，后来自己独立开店了。我是希望他不要有非分之想，到了成都生存不易，丢了传统那是必然。

富顺是黑山羊的生产地，而成都一般是麻羊，没有了货源，李二羊肉汤还会是那个味道吗？

玄嘞。

桂花巷何姐卤菜冒菜

“冒菜是成都女娃子的最爱”，每次外出散步，发现此言果然不虚。冒菜馆里满当当的，大多是女娃儿，坐一起吃的帅哥们，一般都是陪妹妹开心的主儿。

有人问我吃过桂花巷的何姐冒菜没有时，我都肯定地回答：“没有。”

“你娃儿还写苍蝇馆子，冒菜就是最典型的苍蝇馆子，你不去吃去写，这本书咋个叫苍蝇馆子呢？”

“是哈。”当程老鬼这么说我时，我突然觉得我还错得凶呢。

不仅冒菜，还有麻辣烫、串串香，都是成都不得不去体验的苍蝇馆子呢，不然《舌尖上的四川苍蝇馆子》[1]这个书名

---

① 编者注：此为本书初版时的书名。

就名不符实了。

“就是噻。”程老鬼说。

不喜欢吃冒菜，不是因为它是女娃儿的专利，我是觉得冒菜太油腻了，如果喝了冰冻啤酒，肠子里都会凝起油冰。还有就是在我眼里，冒菜跟面条一样，属快餐式消费，一碗干饭一份冒菜，三下五除二，脱手。

有句话说：“好菜是冒出来的。”

冒，只有四川才懂得最深。是方言，如冒泡儿。

小时候不知道烧开水什么时候才叫开了，母亲就说，你看到水冒泡儿了没有，冒了就开了。没有人会跟你说，水温到了100度就开了，什么叫100度，不能用手去试，看冒没有冒泡儿就知道了。

四川人吃火锅，汤在锅里冒泡翻滚，你就可以把那些可涮来吃的食材，如毛肚、鸭肠之类的，往冒泡的地方放，七上八下，一会儿就可以吃了。

我想北方人都叫煮吧。

成都人把冒和煮分得开，比如下面可以叫煮面，不说冒面。开水煮个番茄煎蛋汤或是煮个素菜汤，绝对不会说给我冒个素汤，如果有人一定要这样说，那他就是个牛黄丸，地味牛黄丸。

可能你发现了，煮，煮的汤色一定是白味的，里面什么都没有放，白水里搞熟的菜叫煮。当然我这样说也许是谬论。

冒菜，不是一种菜的名字。冒菜是一种操作方式，通过这种操作方式做出来的菜，统称叫冒菜。

冒菜的得名，一定来源于火锅。是火锅细分门类的一种，消费起来更便捷简单。既是火锅的一种，那就一定要有底料，就像火锅好不好吃，味道有无特色一样，冒菜也是如此，各家的看家本领都在底料里，有的配方一定秘不示人。有了这点，大街小巷的冒菜的千差万别，是不是好味道是不是有特色就体现出来了。

第一次去吃何姐冒菜，是跟沙妹等一群妹子去的。

何姐卤菜冒菜店，在桂花巷53号，这里本来就不是一条商业街，是在一幢快到退休年纪的居民楼破墙而开的店。要多简就有多简，要多陋有多陋。

菜品很多，这是一切冒菜馆的特点。

纯荤的有牛肉、毛肚、黄喉、脑花、火腿肠、腒把、鱿鱼、肥肠。素的也是满满一架子，可全素，也可以荤素混冒，只要你高兴，何姐都能满足你。

我们去的时候是中午，已客满为患，好在我说的是快餐，来吃的大多是周边的上班族，吃了就走，我们也没有等多久。

这家虽把卤菜放在冒菜的前面，不是因为叫起来顺口、好听，而是他们对卤菜的自信，还要高于冒菜。

而且，本店中午不卖卤菜，要在晚上才有得吃，还得赶早，晚了就没有了。不少人为了何姐的卤菜而不知要多光顾几回，多吃几碗她的冒菜才能实现。

冒菜里，何姐最以为傲的是冒牛肉、毛肚、肥把和鱿鱼，是她冒菜的四大金刚。特别是冒牛肉，几乎人去必点。

这个牛肉有来头，不仅香嫩，而且回味无穷，我吃出了里面孜然味。要牛肉嫩的方法多，最简单的是放嫩肉粉，现在的人大多很都反感嫩肉粉，我估计何姐不至于去冒顾客之韪。还有一种就是加孜然，在冰箱里放一晚上。

麻辣鲜香，是她的冒菜的特色。其实只要是川菜，人们一般都是这几个字来总结。

卤菜的品种也不少，她最自信的是卤猪脚。很遗憾，去了几次了一次也没有吃到，不过吃过了卤肉，确实不错，用她自己的话说就是鲜嫩细腻。卤排骨、卤猪嘴、猪尾巴、肥把、豆腐干都还真是与众不同。好久要去打包些回家下酒吃。

何姐叫何金玉，是土里生土里长的成都人，2004年在此开店，因为好吃，日子久了，门面开得更大了，声名开始远播，连台湾的食家也来吃，还写了对联挂在店里。无论何时去，只要何姐在，她都热情得不得了，好像你早就是她的老朋友了一样。

据说，自她开店以来，都是亲自去市场上选食材，无论花椒也好辣椒也好豆瓣也好，都一定要上乘、上乘、上上乘。

配料一定都是亲自做，对使用的牛油特讲究，怎么讲究法，我也不晓得。

她说：好吃不好吃，关键在汤料，骨头熬汤，最重要是要舍得花成本。

花成本，言下之意就是货真价实，再加上不欺客。好吃是必然的。

值得一提的是，何金玉姐姐也知道吃了冒菜油重，多吃了不舒服。她特制了一种汤，简单得不得了的南瓜汤，黄晶晶甜蜜蜜的，喝一碗，保证叫你不喊油荤重了。

我女儿说：“这是我吃过的最好的南瓜汤。”

病中琐记

2009年元旦，刚一起床，寄波就说，她感觉不好，胃很难受。我说那我们就去富顺吧，找大孃看一下，顺便就把岳父母接回来。

说完就去跟女儿说了妈妈的病情，她倒是很畅快地说，那就回富顺噻。一下子就看明白了我们的心思。只是我们还是担心她一个人在家怎么办，她说到下面去吃饭，下面是指在爷爷家，有保姆煮饭照顾。

我们简单地整理了一下，就开车往富顺去了。从自贡到富顺的路虽还没有修好，但已比以前好走多了，才下过雨，弄得车子一身泥，黑车变成了红车。

到富顺时已快两点了，他们已吃了午饭，但他们仍在焦急地等着我们去。吃了饭我把在省医院与华西医院的病历报告给大孃看，她说这是典型的糖尿病，而且要想办法及时治疗，她看到我原来在省医院的报告，说真是吓惨了，各项指标都是重症病人的指标。看了华西的报告后放下了心，给我介绍了降血糖的药。我想我还是回去买药吃吧。眼睛看不清楚，照理是糖尿病的显著特征，但她一听说我戴上老花眼镜就能看得清楚时就说，可能是老花的原因。

岳父说他也在大约我这个年纪的时候看不清楚字的，我们都觉得好笑，叹息人终有一天会老的。看来我没有什么大的问题，都说糖尿病不可怕，怕的是并发症。都说我平时要节食与运动，说实在的我心里虽有些担心，但并没有什么可怕的心理，他们带着寄波去了医院，而我却睡了一会儿。

周洁在家里等着我，我醒后他说："走嘛，我带你出去配眼镜。"老花眼镜没有一般近视要求那么严格，听说五元钱就可以买一副，但我的用眼比其他人不知要多多少倍，我不可能一天不看书。

周洁带我步行到了富顺的市中区，我也建议走路去，一来县城本来不大，更大的原因是我怕冷，想走走暖和身子。

富顺的变化应是比较大的，周洁一路跟我说变化，说这里是干什么的，那里是干什么的，到了商业区，找到了可以说是富顺最好的眼镜行，我说："还是验一下光吧。"眼镜行里并没有生意，愿为我做事，看到我这个买主是有心要买东西的就格外热心，我坐上仪器的座位上，验光师傅一看，马上说：“典型的老光嘛。大约要配100度的。”

眼镜才二十五元一副，我想就买两副吧，刚开始不习惯，可能要忘记放在哪里，我准备床头边放一个，随身带一副。没想到我戴200度的才看得最清楚，虽说100度也行。戴上眼镜，就算是报纸上的股票信息都看得很清楚，我大喜，想迟早都是要老的要戴眼镜的，只要不是糖尿病引起的就放心。

我戴着眼镜看远处，不清楚，取下看也不清楚，师傅说：“戴起眼镜当然看不清楚了，老光是远清楚，近模糊。”我说：“不戴也看不清楚远的。”他说：“不可能喔。”管他的喔，我们回去了再说，在路上碰到从医院回来的寄波他们，说打了B超，胃里全是东西没有消化掉，等明天一早去抽饿血，查肝功。

寄波的脸和眼都很黄，她一直担心自己得了黄胆性肝炎，黄胆肝炎传染性极强，大家都在安慰她说，黄胆肝炎最好治，很快就断根了。但她是很要面子的人，平时特别注意卫生，是有洁癖的人，她接受不了自己得肝炎的事实。

晚上冷得很，我总是不习惯在别人家睡觉，宁愿在宾馆里，当然在富顺也不可能有好的宾馆让我去住。

一早醒来就都已是九点多了，寄波他们已经去医院了，周洁一个人坐在客厅里，见我起来就说：“走嘛，去喝羊肉汤。”富顺这个地方，有两样东西让我吃了还想再吃，一是豆花饭，一是羊肉汤。豆花是县里的招牌，其作料香辣酱全国闻名。羊肉很多家各有特色，知名度高的是一家叫高峰羊肉汤的。去吃了好多回，但从原来的汤到现在的汤锅，我认为失去了羊肉汤的本质。还是那种没有用火的好。

周洁在成都生活了多年，富顺这几年变化很大，几乎找不到那家他要推荐的李记羊肉汤了，在问了路后，我们通过一个泥泞的自由市场后才找到。

味道真的不错，我喜欢吃富顺的羊肉汤，要了一碗饭，吃得很香。中午家里要做鱼吃，怕都吃不下了。

回到家里，寄波她在焦急地等待着结果，我们去了医院等，没有让寄波去，只是我与周洁和岳父三人，因为大嬢要还岳父的借款。

等了很久，结果出来了，转氨酶高得离谱，大嬢说肯定是甲肝了，而且是很严重了，让我要做好心理准备，不要让寄波知道，她需要住院治疗，富顺的条件不行，要回成都去住。还不能排除其他的问题。

回到家里，虽说说得很轻松，但寄波还是急得哭了起来，我们得马上隔离开用品。

我们决定下午就回成都，明天一早就去华西医院。

家常黄瓜猪肝片

陈存仁《津津有味谭·荤食卷》里说：猪肝里含有大量的维生素A、维生素B和维生素D，还含有铁等矿物质。猪肝治贫血，猪肝能明目，所以是中国人向来喜欢的食料。

猪肝的做法很多，我独喜炒来吃。

要猪肝好吃，就要去其腥味，且要炒得嫩。要做到这点，着实有些难，就算是大酒店的厨子，大多都以玩花样为主，要说到味与嫩，往往是可遇不可求。

有人以为嫩就是要油烫油多，快刀斩乱麻，翻几下就起锅。其实这样往往会血淋淋的，不敢下口，稍过火又形同嚼蜡。

我家十七与女儿对猪肝皆不感冒，认为猪肝的腥味之难闻不亚于猪大肠。

我炒的猪肝其实已有相当的水平，看她们不吃，我也就没有了多大兴趣，懒得去弄。

去老峨山搞活动，安排在半山腰的翠竹园餐馆就餐，趁大家都在开心搞活动的时候，我跑到厨房里看中午我们吃啥子。

发现案板上一个小盆里，是切好的猪肝，已把料码好，我一看怎么那么粗糙，蒜薹、豆瓣、乱七八糟的什么都放在一起。猪肝切得厚厚的，看起来就不会好吃。

然而我错了，农家菜就有那么多的不确定性，不一定好看，却出乎意料地好味道。

我一直琢磨着做一次，趁周末女儿在家，也没有征求她们的同意，买了三两猪肝回来。

女儿特别喜欢黄瓜，我就准备用黄瓜做配料。

大蒜切片、大葱切成段、黄瓜两条去皮切片。

泡嫩姜一块切丝，泡二荆条海椒两根切段。

俺刀功虽不敢在饭店墩子面前要横，却让很多巧妇自叹不及。无论是切片切丝，要薄要细，匀净得很。切猪肝自不在话下，绝不会炒时有的熟过了头，有的还是生的。

把郫县豆瓣剁细，不然大片的海椒皮太难看了。

将蒜、大葱、猪肝、黄瓜、郫县豆瓣、姜丝和泡海椒放在碗里，加一点点的芡粉。

不用放盐了，郫县豆瓣咸得来要命，老吴生怕是用工业盐做的。

如果想让猪肝的颜色重些，可以放些生抽上色，略放一些糖。

拌匀后，放半小时，让其入味。

将锅烧热，放油，比炒其他菜油多些，不过也要适量，有人认为猪肝是油烫熟的，那样才嫩，其实未必，全看火候。

油烧的程度如何，可以这样做，在烧油时放几颗花椒，花椒煳了，就可以下猪肝了，翻炒散，变色后，放入味精就可以起锅了，然后撒些香葱花在上面。

看上去好像很多油的样子，其实不是。黄瓜经过与其他料混合后会出水分。可能正因为此，才保持了猪肝长时间的鲜嫩呢。

成功。

猪肝嫩且爽口，黄瓜香而脆。味道复合混香，既下酒也就饭。

十七说：哪天你把肥肠也做成这样的味道就好了。

肥肠的好，我体会得到，怎么做好，我真是想试试。

周末两菜一汤

周末，女儿要回家来了，一周没有见到她，总是想弄点她喜欢吃的菜。

十七昨天就买了一只土鸡，要我今天炖起。

十七知道女儿最喜欢的是蘑菇炖鸡，就把山珍松茸拿来泡起，又把我上次到蜀南竹海带回的竹胎盘也拿出来用温水发起。竹胎盘是竹荪未成熟出土前的外层皮，口感很好，脆、嫩、滑，无论是炒、烧，还是炖都可以，十七希望我把它与松茸混起来炖鸡。

我对这样的炖鸡法颇有微词，但她们都喜欢这样，我也只有从了。我想既然女儿喜欢蘑菇，为何不也加些在内呢。中午，我又去市场买些鲜蘑菇回来。

只炖一锅汤显然也太单调了，准备再炒一个青椒牛肉丝，女儿最喜欢我的这道清香又辣辣的牛肉丝。

可是市场里的牛肉可以用来炒的居然卖完了。

只好买了一条鲫鱼，做家常味给她吃，女儿吃鱼很挑，只喜欢家常味的，做得不好她是筷子都不会动的。

我做鱼很简单，但也有心得，家里什么都有，只买了些葱就够了。

两点钟准时开始，把鸡砍成小块，洗净，放在锅里开炖。一小块老姜切成薄片（一般炖鸡是不用放姜的），又放几粒汉源战友带来的干花椒，生水煮起。

以前炖鸡我最爱的是墨鱼炖，味道之鲜美真是难以形容，有人认为只有用瓦罐或是紫砂罐炖出来的鸡汤才好吃。我多次试过，就算钢锅也能炖出好味道来。味还是要看你是怎么做。

有人也要把鸡肉先氽一下以除腥，然后重新起水炖，当然也是一法。不过没有必要

这么麻烦，明德老师说，汤好没有其他的法子，只要你勤快点就行，看到血泡起来时，不停地打掉就好了，汤不仅不浑且清透如水。我亲尝过他家的汤，果真是鲜美无比。

为什么放花椒呢，我是听袁庭栋老师说的，他说川师旁边的那家九妹鸡汤就是如此做的，袁老师是美食大家，他能得到一些奇异的秘方。

大火先烧，在汤要开时，用汤瓢把锅里的鸡肉撬动几下，就会起很多的血泡浮于锅面，这时就要尽数打掉，而且要掌握好时机，打得不及时的话，血就会凝固成黑色状，难看不说也破坏汤味。

泡子打尽了，把火改为文火，这时就可以不理会它了。在微博上，跟大家愤世嫉俗大约一小时左右，去把松茸放入锅，又过一个多小时，把竹胎盘与鲜蘑菇放下去，改大火，汤沸后再改文火。

女儿放学坐在十七车上时，一锅鲜美的鸡汤就好了，肉刚刚好，嫩而不烂。

鱼洗净放在盘里，抹上盐及料酒，放上老姜丝和蒜片，约半小时。大火蒸熟。将泡椒、泡姜、泡青菜切碎，热锅放油，撒几粒花椒试油温，把泡椒、泡姜和青菜下锅炒香，再加入豆瓣炒掉水分，加适量的水烧开，待香气扑鼻时，放水豆粉收汁，放味精、香葱，翻动几下起锅，淋在鱼上就大功成矣。

不是说两菜一汤么，还有一菜是什么呢?

这本是没有考虑到的一道菜，是我权衡再三，还是没有把鸡杂放在汤里一起炖，每次放杂炖在汤里都给汤味打了折扣。然而，丢掉了也可惜，我想就炒个泡菜鸡杂吧，量虽不多，但一家三口还是够了。

于是切了些青笋尖，再把几根大葱切成节备用。将鸡杂切好用豆瓣与泡椒泡姜再切些蒜片，混合一起拌匀。待鸡杂入味后，大火爆炒，几分钟就起锅了。

今天我掐时间掐得刚好，两娘母一进门我的鱼就上桌了，待她们洗漱完毕，一切都搞定了。

女儿正是长身体的时候，每次接到她时她就喊饿得不得了，这回一进门就可以上桌子端碗，也算是拍马屁拍到位了。

味道肯定不用摆了，如果她们都不置可否，你想我能写下来吗?

年夜饭：引子

豆妹要跟她妈到海南去过年，老爸说，在豆妹走之前，我们还是在家里吃个团年饭吧。

母亲离开我们五年了，家里人更少了，父亲更注重一家人在一起吃个饭什么的。于是在27日，父亲在家做了几个菜，有烧白，还有他拿手的烧鱼、拌鸡块和回锅肉，陈孃烧了笋子烧牛肉。

我把朋友送给我的腊猪耳朵煮起，这是小时候我最爱吃的，有白骨头的猪嘎嘎。小时候的很多事都不记得了，在江津老家特制小桌上的故事，至今长辈们还记得，每当吃猪耳朵时，只要我在场都一定要说起。

十七的妹子今年也要一家人到公公家去过年，于是岳父家也把团年放在了28日，考虑到舅舅的儿子在英国定居了，曾叔一家就住在楼下，决定四家都不完整的家庭一起聚。

曾叔一家都是做菜高手，有空我最爱到他家去吃孃做的正宗自贡鱼、牛蛙、兔……反正他家拿手的好菜多了去了。

岳母和孃她们精心列的菜谱，几天前就做了准备，我下班过去时，桌子上都堆不倒了。

桃子姐大方得很，买了一只三千多元钱的帝王蟹，一千多元一只的澳龙虾就买了两只，还有十七的最爱三文鱼也是价格不菲，她们说卖海鲜的直喊桃子姐张总，要把她发展成会员。

菜多得来数不清，有几道菜，只是让大家看了一眼就放在一边，桌面上的菜都吃不完。年年有余的传统，一生都节俭的曾叔与孃还是特别遵守，并约定好后三天到除夕都在她

家拉命吃，使劲喝。待曾杨的乖女喜妹从重庆回来，还要做更多的好吃的。

精心的准备，让每个菜都有故事。我拿手机拍下了每个菜，我跟大家说：“我要把所有菜的故事和做法都写出来，你们要配合我。”

曾叔笑呵了说：“那不是要写多厚一本书了。”

我说：“就是想这样呢。”

试试吧，我尽量介绍一下每个菜的来历与做法。

以上算是《年夜饭》的引子吧。

年夜饭2：年年有鱼

年年有余，是在物质贫乏年代对生活最美好的愿望。吃了上顿没下顿的日子，没有哪个会过得心安理得。

小时候看到贴在大门上的年画，表现最多的题材就是五谷丰登和春娃骑鲤鱼。

记事起，没有一次年夜饭上没有鱼。家里再穷，都会有一道鱼。我在凉山的大山深处当兵时，年夜饭上也会有鱼。

今年的年夜饭，我就从鱼说起吧。

父亲能做好几种鱼，瓦块鱼、清蒸鱼、油炸鱼，特别是他做的油炸带鱼，我特别喜欢。不过，两个孙女却口味不一样，只喜欢吃爷爷做的家常鱼。没法，无论是周末回家还是过年过节，都只做家常鱼。做其他的鱼就真会次次有余了，一定会剩下不少。

小时候常看妈妈做鱼，在她身边，看怎么给鱼去鳞，去腮、破肚。鱼大的话，怎样用刀在鱼身上划几道口子和怎样加料酒、抹盐和豆粉。

家常鱼用得最多的是泡菜，将泡辣椒（二荆条）、泡姜、泡芹菜从泡菜坛里抓出来后，挤干水分，然后将各种泡菜混着切成细碎状。

母亲做菜最讲究细腻，蒜也剁成粒，豆瓣也剁碎备用。

炸鱼是家常鱼必须的过程，也叫过油，将锅烧热放油，待油滚时，把表层炸黄。这样可以去鱼的腥味，炸焦后回软的口感特别好。

以前的菜油不像现在是经过提炼的，如果没有烧滚时，会有一股生菜油的味道。怎么看油是不是滚了，母亲说：油里的花椒如果煳了，那油就是开了，就没有生菜油的味道了。

把鱼炸黄后，将就锅里的油，放进蒜粒姜粒炒香，把泡菜倒进锅里，炒干水分后放豆瓣，炒出香味后，加水，放些醋和白糖提味，放下炸好的鱼，待鱼全熟后，先将鱼装盘中，然后勾芡收汁，将汁淋在鱼上，撒上些葱花略带酸甜的鱼就香喷喷的上桌了。

父亲正是这样做的，味道好极了，十七一不小心，忘了吐刺，卡在了喉咙，让她好一阵子都不舒服。

家常鱼，各家有各家的做法，各有各的好味道，吃得久了就埋在了记忆里，走再远也会想起它，如果再也吃不到了，那就是生成了乡愁。过年了，再远也要回家来，有多半的原因都是跟忘不了的家常味有关。

曾叔叔叫曾高潮，是西南民院的美术系主任，是画家，一屋子里摆满了他与儿子曾杨的画。28号这天，年夜饭的桌子就摆在他们的画丛中。

菜品我说过太丰富了，吃到最后，酒过三巡，我们开始点评年夜饭。

我发现桌上没有鱼，就说："既是团年饭，没有鱼应是一大遗憾。年年有余就不通了。"杨宇嬢说："怎么没有鱼呢？刚才吃的三文鱼也是鱼啊。我们考虑过的，有了三文鱼，就不重复其他鱼了。"

当真啊，刚才还说三文鱼是十七的最爱，我竟没有当成一回事。平时不怎么吃三文鱼，居然没有把它当鱼看，比起我们平时的鲫鱼鲤鱼来，不知要名贵多少倍呢。三文鱼与帝王蟹和龙虾比哪个更红，热热闹闹的更像过年的样子呢。

我知错了。年夜饭对一向守传统的杨宇嬢来说，是绝不会忘记鱼在年夜饭里的意义的。

嬢知道我不是那种爱吃稀奇的人，蘸芥末的美味只有喜欢东洋文化的十七能够懂得，我还是喜欢麻辣鲜香。地道的四川人口味，满足感还是她富顺家乡做法才行。

富顺做法一样也要泡菜，少许泡姜、泡海椒（朝天椒也叫七星椒），还有泡青菜。

富顺人居沱江边，爱吃鱼，不论城里乡下的人家，家家都有好几个大泡菜坛子。陈年的老泡菜是烧鱼好吃的法宝。我们每次回富顺去，都要带不少的泡菜回来做鱼。

还要一小块老姜切成片，杨宇孃做菜粗犷，什么都切得大块，做鱼无论是泡菜还是生姜、蒜和配菜都不太讲究，但鱼起锅入盘后才发现配得煞是好看。

杨宇孃唯一细腻的地方是在鲫鱼身上动刀子，不是怕把鱼弄痛了，而是要划痕划得非常密集与均匀，她说这样做，鱼身上的羊叉刺就会割断，吃起来就不会卡喉，码盐后鱼也很入味。放在盘子里，怎么看都搞不明白，这鱼怎么就长了斑马纹。我叫它斑马鲫鱼。

她做鱼是要在打整好的鱼上面淋上料酒，抹匀盐和少许芡粉。

烧油到十成，放泡菜和八角，将泡菜炒干水分，并要干透，待泡菜里的青菜和海椒都翻白，相当于炸焦了才放豆瓣，再炒干水分。

富顺做鱼虽说要泡菜，却要把泡菜炸得来没有泡菜味了再加水，不取其酸辣，而取其香。

鱼下锅时要用冷水把鱼身上的盐、芡粉和料酒都冲洗掉。

把鱼放进汤里煮时，放一匙猪油。汤烧开后，放些仔姜丝和生椒粒，鱼熟后，放鸡精味精，再放葱段，鱼就成了。

香是清香，辣是鲜辣。味道鲜美很下饭，味里不能有泡菜味，如果有的话，那就不是地道的富顺味了。

杨宇孃说："后天喜妹回来再做给你们吃。"

舅舅说："我还带熏鱼来。"

呵，年年有余，鱼多了起来。

年夜饭3：头碗

十七说，如果我写年夜饭的话，第一个要写的应是粑粑肉，因为粑粑肉又叫头碗。头碗当然要第一个写。

我是个机械的人，我到曾叔家时，菜已放满了桌子，我怎么知道粑粑肉是不是上的头碗呢。何况真正上“头碗”的时候确实很晚了。我说我要写年年有鱼的鱼，她也没有说什么，还说我写得好。可见我平时叫她张贤惠，这贤惠二字她是当之无愧的。

头碗无论在我父亲的老家还是母亲的家乡，在我的记忆里，年夜饭里都没有它。

知道所谓粑粑肉，是与十七扯了本本以后的事。不要以为十七会做，能做粑粑肉的人，是咱的连原子弹都敢炸来吃的岳母。从此，每到过年的时候，桌子上才有了粑粑肉这道菜。

据说粑粑肉是富顺的特产，富顺人民家家都会做。粑粑肉是一个形象的说法，在四川说粑粑，主要是指用灰面和水调和后烙成的面馍。粑粑肉说白了就是肉粑粑。

粑粑肉也有叫香碗的，也有叫头碗的，还有叫品碗的。

富顺人习惯叫粑粑肉（音：入），只有懂得“入”音的，你才感觉得到这道菜的美好。如果你招待宾客或是年夜饭里没有粑粑肉，呵呵，那你怎么好叫团年饭，那你又怎么好说在办招待呢?

我一直想学会做粑粑肉，但富顺人家家会做的家常菜，看起来简单，做起来就很考手艺。步骤可能人人都记得，但真要做好却不是那么容易。

比如说大家都知道猪肉要肥瘦三七开，剁成肉馅，用红薯淀粉和鸡蛋清、姜末调制。看起来简单吧，如果你真要这样去做，放心好了，一定失败。

请教舅舅，舅舅说：“猪肉的选择有讲究，肥瘦要二八或是三七开，一定要瘦肉比肥肉多，不然就不可能会粘得起。口感就不会那么Q，猪肉也不是只是随便肥瘦搭配就完了，上好的粑粑肉，要选夹缝肉，而且一定是要猪的前夹缝，这里的肉肥瘦相连，肥中有瘦，瘦中有肥，是活动肉。”

剁肉也很讲究，舅舅说：“肉要与姜一起剁，剁到肉里看不到姜为止，肉要黏到刀提起来都有些困难了才算是剁好了。”

淀粉一定要用上等的，不要太多，放适量的鸡蛋清在肉蓉里，使劲地扇，也就是搅拌的意思，但扇不是用筷子或是匙搅拌，最好用手直接去搅拌，关键是在搅上，而不是简单地说拌匀，所以用“扇”字，可能只有富顺人才懂得起，一直扇，扇成泡沫状就可以了，舅舅说就像广东的鱼丸一样，要扇醒。醒，是一个不好准确解释，也不好把握度的字，只可意会不可言说。按我的理解就是要把睡梦中肉蓉给捣鼓清醒的意思，让死了的猪肉又活过来，让它变成另一种新鲜的食材。新鲜就是美好。

让肉蓉、淀粉、蛋清“侬中有我，我中有侬”，分不清侬我，才算大功告成一半。

下一步就是蒸了，蒸笼里放好纱布或是白菜叶，将调好的肉泥放在上面像做粑粑面一样拍平整。把蛋黄打散拌匀，均匀地抹在食材上。大火蒸三四十分钟左右，粑粑肉就熟了，自然冷却后切成细长条。

这时还不能上桌，最主要的工序完了，但它还只是原材料。下一步还要用一汤盆，在汤盆里放芋头、木耳、菜头、黄花（记得是黄花，不是黄花闺女哈）和豌豆，讲究点的还可以放一些酥肉，反正各人心头所爱，自己搭配就好了。

用鸡汤将这些食材给淹没了，然后再将切成片的粑粑肉放在上面，有蛋黄的那面朝上，不要瓜得来连这点审美都没有哈。出锅时撒上葱花即可。

粑粑肉叫头碗，当然取其意是第一个端上桌的菜。

舅舅说，不要片面地理解第一个菜，准确地说，就是在凉菜过后，放在正中的第一道热菜。

一方一俗，富顺就是这样的。到成都几十年了的一大家子，年夜饭的头碗，一定还是粑粑肉。

年夜饭4：熏鱼

大年三十，舅舅带来了他做的熏鱼。

熏鱼，是江苏、浙江、上海一带过年必备的一道佳肴。

舅妈，我们叫她蒋孃，是上海人，所以他们会做熏鱼。

酱色的熏鱼端上桌，我一看就知道带甜味，只有望而却步。

舅舅说适当地吃一点也可以的，我们吃的很多东西都要转为糖分，如果要忌口的话，什么都不要吃了。

我问："熏鱼是用什么鱼做的？"

舅舅："草鱼。"

我说："草鱼的刺不是很多吗？"

舅舅："草鱼的细刺、羊叉刺主要在尾部，所以做熏鱼一定要有讲究。"

但闻其详。

舅舅说："做熏鱼一般要用五到八斤重的草鱼，取其中段。鱼大刺就大，中段就相当于是骨头了。鱼太小，做出来的熏鱼不香，太大了肉就粗，不好吃。"

舅舅是学化学的，在我们眼里他是个发明家，有很多国家级的发明专利。

他说："做鱼时要放一两小时缩肉，不只是鱼了，任何肉都最好让它自然缩一下，让肉在缩时转化为氨基酸。然后放盐，放料酒。放料酒的目的是要让盐充分的分解，均匀地渗入鱼肉内，如果只是放盐，盐只会在鱼的表层，外面咸里面淡，加了料酒就不会。"

熏鱼的做法有好多种，舅舅的做法是，将草鱼的中段切成大小均匀的块，一般在二三厘米厚，码好料后，放一段时间，然后油炸。先将一面炸黄后再翻面炸另一面，炸鱼时要用中火，舅舅说："用中火是避免外面焦了，里面还是软的，口感不好。"

将炸黄的鱼捞起来，将就炸鱼的油，将姜、葱放下去炒香，加水加生抽和糖，汤开后，将炸好的鱼放下去焖，待收汁后就可以了。

熏鱼不要热吃，它是一道凉菜，最好头天做第二天吃，那味道才出得来。

熏鱼也可以用其他的鱼，鲤鱼、青鱼、鲳鱼都行，看各人的喜好。一般都会把草鱼排列为先，草鱼含有丰富的硒元素，常吃可以抗衰老，也有养颜的作用，还能预防肿瘤。草鱼也含有丰富的不饱合脂肪酸，多吃对血液循环有好处。

熏鱼有开胃滋补、健脑益智的作用，有利湿暖胃、平肝、祛风湿的功效。

可是，做熏鱼放糖，对我这个糖尿病人有什么好处呢？

“浅尝”辄止，算是没有辜负了年夜饭。

年夜饭5：辣子兔

我家的年夜饭是以富顺风味为主的。

富顺人对鱼、鸭、兔、牛蛙等的做法好像特别拿手，几乎无席没有。

桌上的兔就有两种，冷吃兔和辣子兔。

如果还要多上几样兔也还做得到，像什么带皮兔、腌熏兔、缠丝兔、烤兔、卤兔、兔腰、兔头，干锅的、红烧的、粉蒸的，只要想，完全可以做成兔子席。

反正啊，总之啊，兔子遇到四川人，是倒了八辈子的霉，也不知道哪一辈把四川人得罪凶了，川人不想尽花样来吃它，好像就不解恨似的。

至少是三十多年前了，我们去宜宾路过富顺，在十七的外婆家，那时我与十七还没有拍啊拖啊的，外婆做了家常兔，记得是用莴笋粒炒的无骨兔，好吃得来久久不能忘怀。

知道我喜欢吃富顺风味的兔子后，一有机会家里都会想到做兔子吃，最常做的就是辣子兔。

吃得多了，我自己也学会做了，节假日我总要买一只兔在家里自己做，自我感觉不亚于富顺本土味道，十七、女儿都爱吃，很让我得意。

年夜饭是在岳母的倡导下，舅舅专门到华阳镇去买了两只土兔子，亲自做给我吃。

感动之余，我只有与大家分享舅舅的无骨辣子兔的做法，才能对得起这份厚爱。

将新鲜的兔去骨，切成肉丁，放一两个小时。

现在时兴鸡鸭鱼现杀现做，说好吃其实那是心理作用，在没有足够时间转化为氨基酸的肉都不可能鲜美，如果鲜的话，那也是靠味精鸡精提的味。

扯远了，回到正题。

在兔丁里加料酒、盐、生抽，拌匀，要下锅时可以放一点淀粉，千万不要多了，也可以不放。

油要稍多些，烧热后放八角、山柰，随后放花椒、蒜米、姜米，炒出香味来，再放泡椒，加上一些化猪油。

下兔丁炒，兔熟后放青椒筒和生椒（小米辣）翻炒，放鸡精翻匀后起锅。

放切成筒状的青椒，是取其清香味。

有这样的好菜衬伴过年，多喝了几杯酒，把人的辈份搞错，也是意料之中的事了，给大家添了笑声，也说明年过得真是快乐！

年夜饭6：冷吃兔

辣子兔说了，现在说说冷吃兔。

冷吃兔，我吃过了很多次，却一直都不知道它叫什么名字。

富顺的美食家周洁问我对冷吃兔的感受，我还以为是白生生带皮的蘸着生椒作料，吃起辣粉粉的凉菜，就说一般，我不是很喜欢的吃法。

周洁说不是，是干炒的，有很多干海椒的那种。这时我才明白，这道菜吃起来香嘴，特别宜三两好友小聚时下酒吃。

当然了，既叫冷吃兔，也就算是凉菜了。

春节前单位吃团年饭不准吃公家，我们就只好改变形式，自愿带菜来，开个冷餐会。

第一个想到的，就是自己要带个冷吃兔去。自然我是不会做，我很得意我能找到杨宇孃帮我做，她一定能让大家大饱口福的。

电话过去，她让我的美梦没有成真，那天她回富顺去了。

杨宇孃知道了我想吃她做的冷吃兔，年夜饭上自然就有了。

我作记者状，拿起笔和本本儿，把耳朵竖起。

她说："简单得很，兔子带骨斩成丁，用料酒和盐码起。准备好八角、花椒。老姜切片，大蒜也最好切片。"

"喔。"

"油要多，火不要那么大。"

"中火？"

"对，中火。油烧七成热时，把八角、花椒、姜蒜倒下去，炒香。还要放些冰糖，少一点。然后把兔儿肉放下去炒，要炒到兔子收了水。最好放点醋。"

"提味。"我假老练。

"嗯。放干海椒，猛炒。可以少加点水进去，这样干海椒的味才能入到肉里去。收水后放点生抽，颜色就很好看了。还是要加些鸡精味精。"

"冷吃兔，放冷了吃？"

"热吃也可以，放一下更香。过年吃，不要炒得太干了，你们下酒可能嚼起来香，我们女娃儿些就吃不安逸了。"

最后她总结说，不过现在的兔子炒出来的都不好吃了，在成都就是做不出富顺的味道来。她感慨地说："还是要富顺的兔子炒出来的冷吃兔才好吃。”

有故乡的人真好！离开得越久越远，家乡的味道就越浓。有故乡就有回忆、就有美好。

年夜饭7：青椒爆肥肠

肥肠是我喜欢的食物，不管怎么做，好像我都能接受。

我吃过很多的肥肠，如双流的肥肠漂汤，江油的卤肥肠、烧肥肠、豆汤肥肠、粉蒸肥肠等。

吃得最多的是肥肠粉，每次想将就一顿或是酒喝多后，一般都是去吃肥肠粉，还要另外加上一两个结子。香香的酸酸的，既开胃又醒酒。

爱护我的人都常提醒我，这样的东西要少吃，胆固醇高，吃多对身体没有好处。可我面对着肥肠美肴时，没有定力。

爱好肥肠的人很多，连小女也跟着我喜欢上了。听说几家人要一起团年吃年夜饭，就声明："我要吃肥肠。嘻嘻。"

她妈妈十七一听就"啧啧啧"的，她对肥肠是避而远之，闻之色变。

可她姨桃子和杨宇孃却说："没有问题。"

肥肠最难的是清洗，据说要用面粉（或是淀粉）和盐反复搓洗才能除却异味，我洗过羊肚，也是这样的。洗涤的过程虽费时费力，但为了满足未来的画家，还是尽力而为。

操刀的是桃子姨，桃子姨是热爱美食的人，常琢磨些好味请大家品尝。

年夜饭上的青椒肥肠，我是吃得安逸，小女也想今后再吃，而我却操作不来，最怕的是肥肠绵扎，嚼不烂。

桃子姨说："其实也不难，将洗净的肥肠用高压锅煮熟，大约十分钟就够了，捞起后切成段。不要压得太烂了，不然吃起来太软了，口感不好。"

"都要放些什么料呢？"

"准备好老姜和蒜，最好切成片。还有花椒、干海椒、料酒、青椒。"

"过程呢？"

"将油烧热，放姜片、蒜片炒香，放花椒、干海椒，炒到干海椒油亮时放肥肠，加些料酒。可以加适量的糖提味，放青椒炒转，加鸡精味精就可以起锅了。"

一旁的喜妹妈说："肥肠最好用卤水紧一下，颜色就好看了。"

嘿嘿，又学了一招。

年夜饭8：我们吃了帝王蟹

年夜饭，桃子姐买了大龙虾和帝王蟹，还有很大一盘三文鱼。大龙虾没有我们常见的两条长长的须，舅舅说，这不是澳洲龙虾，是加拿大的龙虾。

成都没有海，吃海鲜在过去是不敢想象的，蜀道难嘛，在一个盆盆的底下，人也好货也好，要出去要进来，以前都叫登青天。

那是不是以前成都人就没有法子吃上海产品了？当然也不是。但大多数都是干货，可以存放很久很久，可以给刚出生的女儿做嫁妆那种，如干墨鱼、干鱿鱼、干海参，我不喜欢吃海味，相信还有更多的干货，我叫不出名字来。

现在不同了，有飞机有火箭还有其他的保鲜技术与手段，不要说成都人了，就是西藏人新疆人要吃也不成问题。

不能再往西了，再往西就有黑海地中海和大西洋了，那边的人有的是海鲜吃。

于是，现在人们已不再是吃几粒海虾米、海蟹、扇贝就津津乐道的了，只有吃类似大龙虾、帝王蟹之类的，才能感到是有吃海鲜的感觉，才会觉得自己的成功就是与他人不一样。现在，其他小打小闹的海鲜，好像在成都的盆盆里放点盐就能喂活一样，不再稀奇。

有成功人士在，有腐败分子在，当然也有赌一把尝尝鲜不枉此生的人士在，就有哈腰躬背的人为你服务。据说成都有不少的高档海鲜产品经营店，把太平洋、大西洋、印度洋的海鲜提供给高档的酒店、餐厅和喜欢海产品的好吃嘴，他们还把料都给调配好，让你做起来方便。

虾和蟹，天生就是为中国人献身的，满足中国人最爱的喜庆的红色视觉，朋友相聚它来凑趣，升官发财它来捧场，过年过节它来热闹，大龙虾与大螃蟹啊，你就是海鲜中优秀的一块砖，哪里需要你，你就到哪个的餐桌上。

我吃海鲜很挑剔，不是不喜欢，是因为痛风，特别是一边吃海鲜一边喝啤酒，保证立马见效。所以海鲜于我是“不吃贵的，只吃对的”，平生吃得最多的海味，恐怕也只是干墨鱼片片炖鸡了。

到海南、泰国、台湾、马尔代夫，都没有人看到我把海鲜吃得欢的，大多是尝尝就算不虚此行了。

然而，年夜饭的餐桌上，出现了两只帝王蟹和大龙虾时，我还是着实地喜悦了好久。四家人的热闹，有了它们中国结般的红，让我们在座的男士们多喝了几盅，用红彤彤的脸，向远道而来的它们致意，除了我之外，大家都把它们爱到了心里胃里和肠肠肚肚里。

四川人爱把海鲜当原材料，按自己的口味来做，这也许正是很多海产品让很多平民百姓接受的原因。老百姓不会以为只蘸点酱油蘸点醋就可以将就的。只有真正懂得珍惜海鲜的人才能做得到的。否则，那是对远道而来的宝贝的大不敬。

年夜饭上，我们吃的是原味。当然了，原味并不等于白水煮熟了就了事，原始人才可能是这样的。吃海鲜就像搞艺术一样，要源于生活，还要高于生活。

桃子姐说保持原味，做起来无须复杂，就是在打理好的龙虾和帝王蟹上洒一些李锦记酱油（现在的李锦记酱油分得很细，蒸鱼的烤肉的各有不同，你自己选择就好了）。用些料酒、姜片、蒜水，还撒了些胡椒粉。葱切都不用切，围在龙虾一周，然后锡箔纸一包，蒸五六分钟就好了，千万不要蒸久了，肉老了就不好吃了。

三文鱼的吃法，更是简单，蘸芥末酱油就OK了。

这是我平生吃得最奢侈的一顿年夜饭，龙虾和帝王蟹的出场费，是所有菜品的几十倍。